晋军新方阵·第五辑

烛房羽客

马牛 著

山西出版传媒集团
北岳文艺出版社·太原

图书在版编目（CIP）数据

烛房羽客 / 马牛著 . —太原：北岳文艺出版社，2017.12（2023.6 重印）
ISBN 978-7-5378-5505-1

Ⅰ.①烛⋯　Ⅱ.①马⋯　Ⅲ.①长篇小说 – 中国 – 当代　Ⅳ.① I247.5

中国版本图书馆 CIP 数据核字 (2017) 第 324135 号

书　　名：烛房羽客
著　　者：马　牛
责任编辑：高海霞
书籍设计：张永文
印装监制：巩　璠

出版发行：山西出版传媒集团·北岳文艺出版社
地　　址：山西省太原市并州南路 57 号
邮　　编：030012
电　　话：0351-5628696（发行部）
　　　　　0351-5628688（总编室）
传　　真：0351-5628680
网　　址：http://www.bywy.com
经　销　商：新华书店
印刷装订：山西万佳印业有限公司

开　　本：890mm×1240mm　1/32
字　　数：178 千字
印　　张：6.75
版　　次：2017 年 12 月第 1 版
印　　次：2023 年 6 月山西第 2 次印刷
书　　号：ISBN 978-7-5378-5505-1
定　　价：43.00 元

本书版权为本社独家所有，未经本社同意不得转载、摘编或复制

马牛(1977—),山西新绛人,南京大学中文系毕业,运城学院学报编辑。1999年开始写小说,出版有中短篇小说集《妻子嫉妒女佣的美貌》。2016年山西文学院签约作家。

总　序

张锐锋

《晋军新方阵·第五辑》要出版了。这是山西中青年作家作品的又一次集中展示，无论是新方阵的阵容以及题材、体裁，还是作家年龄的层次结构，都充分体现了山西作家绵延不绝的创造力和几乎在各种文学体裁方面的开拓力。

这套丛书已经出版了四辑，这是第五辑。每一次从征稿到按照程序评审遴选，我们都是怀着既兴奋又担忧的复杂心情。兴奋的是，我们又要出版一套丛书，并集中检验作家们近年来辛勤劳作的成果，对将要出版的作品充满了期待。但也有一定的担忧，那就是，已经编选了几辑之后，是不是已经难以为继？还能不能选出质量上乘的优秀之作？我们的作家是否还有足够的潜能和上升的空间？事实上，从每年的编选情况看来，这一担忧似乎是多余的，作家们源源不绝的创作，不断为我们带来意外惊喜。

就本辑丛书而言，既有我们熟悉的、已经具有一定知名度的作家，也出现了许多新面孔。说明我们的事业薪火相传，新秀迭出，佳作泉涌。尤其是在创作形式上，出现了几个明显的特点：先锋性与传统性创作并驾齐驱，各种文学门类花枝繁盛。山西是一个具有深厚文化土壤的省域，不仅在历史上产生了众多风格各异的文学家，也在现当代文学史上产生了具有重要影响的作家，尤其是以赵树理为代表的

"山药蛋派",开创了独特的、可读性极强、传播力极大的以农村小说为主的现实主义流派,继之,20世纪80年代的"晋军崛起",又一次成为全国文坛的强光点。值得欣慰的是,今天的山西文学创作,已经呈现出多元并起的文学景观——小说、报告文学、散文和诗歌,以及其他文学体裁的创作,多边突进,打破了小说创作一枝独秀的格局,形成了门类齐备、梯队合理、结构完整、协调有序、面向未来的新局面。其中,一些具有先锋倾向的探索性作品登场亮相,反映了部分作家具有理想主义色彩的新追求、新探索,为现实主义主流创作添写了变奏曲。

俄罗斯作家茨维塔耶娃在一篇文章中谈道:"普希金是黑人"。这不仅是因为普希金有着黑人的血统,有着"比钢琴还黑"的眼睛,更重要的是,茨维塔耶娃眼中纪念碑上的普希金发黑的青铜塑像,是"各种血液汇合的纪念像","最遥远的而且似乎是最不能汇合的灵魂的交融的活生生的纪念像","站立在锁链中间的普希金,他的基座被石墩子和锁链环绕……是为挣脱锁链站立起来的普希金树立的纪念像",其有着非凡的象征意义。我们感到,眼前的这套晋军新方阵丛书,同样是一个汇合了各种血液和不同灵魂的纪念像,对于山西文学创作来说,同样具有不同寻常的象征意义。它意味着历史传统与现实境遇、才华与潜质、生活积累量与个体创造力,也意味着山西文学氛围的浓郁、创作活跃度的提升和创造力的不断增强,同时也寄寓了文学的无限希望。我们相信,山西文坛将更加兴盛,山西文学创作必将用事实说明,它不仅有光辉的过去,也会有光辉的未来!

2017年12月25日

目录

001　第一章　下树
010　第二章　夜谈
033　第三章　门
076　第四章　助手
116　第五章　柏拉图
143　第六章　中药
157　第七章　山葱
179　第八章　告别
192　第九章　出口
200　第十章　真实

第一章　下树

1

这次回来，我只想见两个女人。一个自称是我的助手的女人，以及被她称之为山葱的女人。她们曾分别将我带到那个世界的出口和入口，只是为了让我知道世界是什么，我又是谁。

今天是我回来的第一天，也是我第一次真正来到这个世界的日子。

我像往常一样在早晨醒来，拉开窗帘，打开窗户，大口地呼吸着清冽的空气，听着远处街道渐渐响起的车辆声，想着昨晚的梦。

我梦到了一个只有两条腿的女人——很细很长的两条腿，跪在我面前，用某种我无法承受的眼神向我祈求着什么。所有对我来说再平常不过的事物，她却从不曾拥有，它们在她眼里都散发着梦幻的光泽。比如，这个世界的阳光、空气和水，这里的人、动物和植物，甚至根本就是这个世界本身。

我知道那是山葱的眼神，那是女助手的腿，梦里的那个形象是她们的合体。她们在对我说话，在向我告别，用过去的形象，她们在小说世界里的形象。

我希望出门在大街上看到她们。

不过，在这之前，我要先给我的雇主打个电话。

什么时候回来的？电话那边问。我说昨天夜里。她说比她预料得要早。我没问她这一切都是真的吗，我没问这种她不会回答的问题。她告诉我她新出版了一本小说，名叫《世界之夜》。我以为是她后来新写的，就没再问。我说我们还见面吗？她说不必了，她要离开这个城市一段时间，明天就走。她在电话里笑了。我似乎是第一次听到她的笑声。她要我多出去走走，还说之前签的合同过几天到期，相关事宜她都安排好了，会有人联系我。"对了，要是你觉得有必要的话，可以去医院做一次全面检查。"她说，"我给你个电话，你可以和这位医生联系。"我说不必了，正要挂电话，不料她说你朝窗外看，看能看见什么。"什么也没有，"我拿着电话走到窗边，"没有。""真的什么也没有吗？"这样问时，她都快要笑出声了。"没有。"我还是这样说。我要挂电话了，她说那好吧，最后一句，要是你透过窗户没看见的话，我建议你下楼到大街上去，到咖啡馆去，到书店去，到学校去，到商业楼去，到工厂去，到农村去，到海边去，到荒漠去，去过五湖四海，你总会看见的。

她说的是什么，你知道吗？说了那么一大堆，恨不得把整个世界都巨细无遗地装进去。她想要说什么呢？

2

不久前，或者说是前几天，我无意间在一处电线杆上看到这样一则招工启事："招小说检修工一名，"下面是联系电话。我清楚地记得当时汽车发动机在响，一些蚊虫围着电线杆上的灯泡飞舞，甜腻的热风从车窗涌进来，吹过我因为不时低头而裸露在外的脖子。附近街道好几次传来刺耳的急刹车的声音。

我拨通了那个号码，没人接。

回到住处，电话回了过来。一个女人的声音。她没问我是否拨打过她的电话，也没问我从哪里得知的这个号码。"说说你的情况，"她说，"简单说说。"听我说完后，她给了我一个地址，要我第二天过去。

那条街以前很短，有很多烟店，街的一头转角还有家半地下的咖啡馆，名字和某种花有关联。它最早是一家花店，咖啡是后来加上去的，再后来，索性名字也改为咖啡馆，只在名字里保留了花的意象，也就是花店的前身。咖啡馆旁边是家粥饼屋，里面有种小而厚的饼，一小团一小团的，一层层由某个中心旋出来，整个外表都由快速旋出的一条条薄面皮包裹着，烤熟后最外面一层会稍焦一些。吃的人会忘了那个中心——整个饼都是由其开始的那个中心。

沿着粥饼屋往西走是一连好几家烟店，大同小异，只是牌子不同。然后就是一家宽敞明亮的大型超市的分店，规模比总店小了很多，但在短街上已经显得很大了，我之前进去过一次。再往西，是一家门口总拉拉杂杂摆了一片的五金店、一家小餐馆、一家复印店，然后就到了她住的小区门口。小区不让车进，路边也没用白漆画出车位，和其他司机一样，我把车停在路边店铺的门口，并确保没有压到黄色条纹地砖铺就、蚯蚓一样不断蜿蜒穿梭的盲道。

"你可以从大门进，也可以先下地下车库，再搭电梯上来。地下车库的入口就在大门旁边。"看到大门旁边那个黑洞洞的地下车库出口，我才想起在电话里她告诉我地址后说的一段话："从车库走的话，你先下去，跟着车道右转，能看到右手有一排小门，你进第二个。进去后不要直走直接右转，这时你就差不多已经看到电梯门了。它藏在一个两三平方的小空间里。走进这个小空间，你自然会把身体摆到位，也就是面朝电梯，背对步行用的水泥楼梯。你按按键2。电梯下来之前小空间可以说是全黑的，头顶的灯泡常年坏着。到二楼出电梯左手,我就在里面。""当然,你也可以不走地下车库,直接进大门,进去后左转,第三个单元门,穿过一个不大的常被自行车堆满的小厅,右转进入一个两三平方米的小空间,电梯就在里面。因为是在地面上,所以始终比车库的、也就是你脚下面的那个相同的小空间要亮。现在,你可以在这里按按键2,也可以转身走身后的水泥楼梯上去。也就一层。"那天,电话里她就是这么说的。

走进漆黑的地下车库,像是走进了一只重压之下被迫张到最大的怪物的嘴巴。很快我就看到右手的第二个小门,但不能确定是哪个第二个小门。我同时看到了两个第二个小门。从东向西数一个,从西往东数一个。后来我选了近处的这个。车库很黑,只有远处的一两盏灯亮着,发出几乎无法察觉的光。没看到该有的可以让室外光透进来的天窗。我打着打火机,照了照四周。脚下有层厚厚的浮土,几片塑料垃圾。同时也看到要走入的小门的门槛出奇地高,几乎要没过膝盖。我小心地不让门槛蹭到裤腿,灭掉发烫的打火机又再次打着。穿过小门后我向前走了几步,发现自己已经置身于一个与之前同样宽大的空间。空荡荡的,没看到几辆车,也没发现她在电话里提到的两三平方的小空间。我走错了吗,选错了第二个小门还是一开始就进错了地下车库的入口?大门另一侧在我没看见的地方会不会还有一个相同的入口?我原路退了回去。重新退回进来的小门外面。这时,我似乎找到了那个藏有电梯的小房间。它把自己藏在刚进小门右手的一扇油漆木门后面,而不是黑洞洞的敞开着。很容易被误认为是维修工存放维修工具、清洁工存放清洁工具的小储藏间。门上没有装锁,锁洞像颗黑色的铁球浮在暗灰色的与木门等大的空间。我进去后没有按二楼的按键,而是直接走楼梯上去。

"还顺利吧。"她打来电话。

"从负一楼上一楼的门锁着,"我说,"我再下去坐电梯上来。"

"车库上来要搭电梯。"

从那儿出来，我果断地在一楼出了电梯。没碰到什么问题。一起的还有其他楼层的一个住户。一个看上去忧心忡忡、头发乱糟糟的中年人。

"门开着。"一个女人的声音。之前电话里的声音。

真实的，跳过电话线路、直接通过空气中声波的震颤传入我耳中的声音。

出自一个对我来说完全陌生的女人的口腔，身体。

这个声音目标明确：我。

一个我（有那么一瞬间恍惚）感觉像是没有附着在任何一具身体上的声音。我想象不出它们来自什么样的一个身体，想象不出她的样子。

3

我推门进去。一套没装修过的房子。

水泥地板，水泥墙面。

她显然在右手的一个小间里。小间用推拉门隔着。

她问我还顺利吧，我说搭电梯上来的。她说车库上来的话只能搭电梯。

推拉门一直关着。似乎也没有很快会被拉开的迹象。

"稍等一下。"她说。

水泥的墙面空无一物。水泥地面因为热胀冷缩出现很多裂缝，有的很长，要走好几步才能通过。

"来吧。"推拉门被拉开的声音。

就这样，我第一次见到了下树——这次回来我要找的第一个女人。

我们在小间的沙发上坐下。她的两人沙发向东，我的单人沙发向北。两张沙发载着我们，或者说把我们固定在一张长和宽都是一米的方桌的、相邻的两边。我伸直左臂，或者她伸直右臂，我们就能碰到对方。

她没有问我的名字，自始至终都没有。她称呼我"喂"。

"喂，你喝茶吗？我可以单独给你沏一杯。""你吸烟的话可以直接吸。""喂，洗手间在右手。"

不知为什么，我一闭上眼睛，她刚说过的那些话在我头脑中就化为一团雾气。

为什么她迟迟不提小说检修的事？

"我也一直想谈合作的事。可还有件前期工作要做。"她说，"你同意的话我们现在就走。"

她起身往门口走。我没问是什么前期工作。

她带我去了一家超市。我要开车，她坚持乘出租车，并且还把我安排在后排，她在副驾。我视线越过她的肩膀，看到前挡风玻璃上的一个小坑，以及由小坑开始的几道裂纹。广播里播着一首多年前的老歌，"多想再回到以往那座香水城，寻找令我迷惘的人。她依然散发着那诱人的温存，阵阵打动我的心门……"

出租车往东走到头，向南拐，又走了之前距离的两倍，然后停下。我脑子里忽然闪过一个念头：这样的路线和两段车程，和我们之前坐的单人沙发、双人沙发何等相似。无论是两个沙发的摆放角度还是它们的比例。两截沙发，出租车行驶过的两段道路……这是何等相似。

超市在二楼和三楼，上手扶电梯的时候，我们没有并排，她在我上面一节台阶，也就是那时，我记住了她身体的味道——一种少年时代的太阳雨的味道。我清楚地记得，不久之后我在另一个世界醒来，一开始闻到的就是那种味道。

超市入口，洗发水区，牙膏牙刷区，卫生纸区，毛巾区。在文具区，她选了一个大小可以装进口袋的笔记本，递给我。也就在那时，我第一次真正看见了她的眼睛。一双会说话、会抚摸我的眼睛的眼睛。或者说，那是一双会跑过来给我的眼睛轻轻一吻，然后再跑回去的眼睛。那一吻的速度如此之快，以至于我愣了一下之后才反应过来：原来眼睛也可以接吻，也具备接吻的功能。那一瞬间，我的眼睛像是被某种力量轻微冲击了一下，碰触了一下，我清楚地感觉到眼球配合着那个力量的大小在眼眶里飞快地沉了一下，又很快弹起来恢复正常。又像是某种看不见的东西通过我的眼睛进入了我的身体，或者直接穿越了过去。这一切来得太快，通常情况，要么是无法被察觉到，要么是察觉到了却被误认为是错觉，认定是眼睛出了状况，却认不出那是一个湿漉漉的冲过来的吻。

通往超市三层的手扶电梯不再有台阶，而是平缓的斜坡。我又一次闻到了之前的味道，从遥远的少年时代隐约传来的太阳雨的味道，更确切地说是荡漾、绵延过来的。仿佛二十二年前那个我曾经历过的时代并没有离我远去，而是被保存在空间的某处，只不过它被某只看不见的手打包封存了起来。只有借助某种恰到好处的力量才能将它撬开一点点缝隙，让它再次与我相遇。不过还有另外一种情况，那就是通过梦境。在梦里可以真切地回到十五岁的某些场景，但场景里的人和物都改变了位置，十五岁之后的一些街道、房间和人物都混了进去，仿佛梦见的是十五岁时光的拙劣仿制品。但庆幸的是，一旦梦醒，不出两分钟就会把梦到的场景和人物忘得一干二净，只留下细若游丝的一点再努力抓住也会飞快溜掉的印象，它通常是某种气味，某个无足轻重的物件，某种表意明确的表情。相比之前已经经过变形的、被污染的梦境，这时感受到的似乎更接近于真实的少年时光。在电梯平坦的缓坡上，在拎着一条男士长裤的下树身后，我闻到的她身上的味道，似乎就是梦醒后纷繁的梦境残留的那一丝气味，一丝我少年时代少有的、却真切感受过的太阳雨的气味。一种遥远的无从确定具体时间地点、却又真实存在过的气息，已经被我遗忘多年、也可能在它浮现的当天我仅是在其上短暂停留了一个瞬间的气味，现在它又穿过二十二年的时光不可思议地回来了，等我发现它的时候它已经在我身体里了，我不知道它是本来就一直储存在我身上，还是一直在我之外的某些人和物上面。比如，像下树这样的女人身上。

下电梯的时候她拉了我一下，我立即跳起来跳下电梯。

超市出口没什么人，不是周末的缘故。她为那个笔记本付账的时候，冷静，专注，仿佛某部外国电影里的女杀手。

4

我又坐在单人沙发上。她也坐在原来的位置。我们回来已经有一会儿了。我去了一趟洗手间。我没用她的毛巾。我记得那条毛巾是蓝色的，上面有股轻微的草药的苦味。

"还是谈谈吧。"我说。

"好。"她平静地看着我。

"我有个想法，"我闭上眼睛说，"我想和你更正一下，我希望接下来进行的，既不是'谈谈'也不是'聊聊'，而是比'谈'和'聊'更严肃更正式的交谈！我认为有必要先明确一下。"

"我明白你的意思。我知道你有很多问题。"她深吸了口气，临时做了个决定似的，"这样吧，你的问题我都会尽我所能如实回答。我保证对自己诚实。虽说有些'诚实'听起来并不像是'诚实'，但'不像'并不代表它'不是'。你继续说。"

"我想搞清楚这件事的来龙去脉，它到底是怎么一回事。当然，其中还包括招工启事上提到的那部'小说'。"

"我都可以告诉你。一五一十地给你说清楚我知道的、理解的。我能做的我尽力做到。但我不能保证你能理解、相信、接受。每个人对世界的看法都不一样，有人对宇宙星辰的排列感兴趣，有人则热衷于房间整理术。"说到这儿,她笑了一下,却不是向着我,"但这并不妨碍他们的存在和生活。"

"我会试着去理解的。"我说,"我还希望时间没有限制。那样就可以尽情谈论想到的任何问题。"

"当然。"她轻松地说,"不过我有必要提醒你,就这一次,不会再有第二次了。如果一切顺利的话。"

很多年前的那次长谈就这么开始了。一直持续到凌晨五点。后来我们都睡着了。现在看来,她提到的很多东西(既包括我们所谓的现实中的,也包括她在小说中书写的),虽然她自己坚信不已,但真实情况却不尽相同,甚至完全相对。很多完全不符合她的价值判断的,被她视为(用她的话说)是"排泄物"的,反而才是重点的重点。现在它们都被详细地记录在一个厚厚的笔记本里,久久地凝视它,仿佛凝视的是另一个世界的时光。

第二章 夜谈

1

她起身穿过过道把南边的窗户关小了，留了条细缝用来换空气。回来时路过门口把门也反锁了。她从我们之间的又高又窄的小柜子里取出茶叶、松子、烟，一一摆在茶桌适当的位置。"还有红酒，如果需要的话。"她指指对面的稀稀拉拉没插几本书的书架。见我摇头，她这才坐下。

我点了支烟，闭上眼睛，还活动了几下肩膀，尽量让自己放松，放松。

"我喜欢松子和烟搭配。"她突兀地说。

"没尝试过。我知道有种普洱茶是用松烟熏烤的。"我不确定她摆在茶桌上的普洱是不是那种。

"那张启事你贴了几张？还有人打过电话来吗？"我问她。

"我只在体育馆门口贴了一张。贴完不久就看到你的电话。"

"我感觉是用粗的签字笔写的，是你写的吗？"

"怎么？"

"字里面,"我说,"有一种古味,淡淡的。"

"小说检修工具体是做什么的?不会是校对小说吧?"我问。

"不是的,是的话就直接写文字校对了。是另一项工作。我会细细讲给你的,不过现在还有点早。"

她烧了一小壶水,把茶泡上,盖好茶壶的盖子,沉默了,只看着茶壶。似乎想起了之后"会细细讲给我"的内容,甚至具体到某些细节。她低着头,我的视线掠过她的前额,看到她的一截鼻梁。上面竟有一层薄薄的细汗。我不知道那层细汗是什么时候冒出来的,它们于我就像是另一个辖区的事物,如果她没有沉默,没有低下头,我将不会得知它们的存在。现在,它们正完好无损地依附在她的鼻梁上,像一些透明的小精灵,正暗暗庆幸自己置身于不被发现的领域,纹丝不动地窃听着我们的每一句谈话,每一次呼吸。不料情况却发生了转变。一个偶然的瞬间这一切都被发现了,此刻它们正毫无戒备地、浑然不觉地暴露在我的视线之内,就像一支悄悄行进至半山腰仍对偷袭抱有必胜信念的部队,虽说仍在一遍遍地核实自身的隐蔽性,却不知一马一卒早已清晰地呈现在敌方望远镜的镜片上。

我又想到她"会细细讲给我的"内容。是什么样的内容需要细细地讲,而且还需要在一个适当的时候。现在这个她没讲给我的"内容"似乎已经占据了我脑子里一个空白位置,这个位置有一个模糊的边界,边界之外很远的地方储存着我的童年、少年、直至今天的所有记忆,它们像是一个巨大的、只简单划分了童年、少年、青年三个区域的仓库,每个仓库堆放的都是未经整理的我接触过的人、使用过的生活用品,这些人和物都以静态图像的形式凝固在各自的位置,没有距离远近之分,因为任何一个人或物品都会随机被我的大脑调取,也就是被我回忆起来。甚至有的根本不需要我主动去回忆,在适当的时候,比如我经过的某个地点,或者闻到某种气味,听到某种声音,它们就会不由我控制地离开凝固的位置从我的脑子里冒出来,浮现出来,并且,比它们后来留给我的印象更清晰、逼真,可辨识度也更高。似乎他们或它们才是真实的没有经过我眼睛观看、记忆加工的样子。

现在,她"会细细讲给我的内容",就以一团混沌状的灰白迷雾占据了我大脑中"青年区域"里的一块位置。那团迷雾就像一块写着"虚位以待"字样的广告牌,一旦那个时刻到来,她开始讲述"会细细讲给我的内容"时,广告牌就会缓缓撤去,并被一些我还未亲历过的、想象出来的简陋的场景、人物、对白填满。就好像在这块临时被迷雾填充的大脑存储空间和我对面的叫下树的女人的嘴巴之间,有一根我看不见的管道,她的嘴巴通过一些气流的摩擦声、人类约定好的一些被称之为语言的符号,源源不断地将符号指代的事物传输进我大脑的这块区域,以便于我之后的行动。

正如我不知道她鼻梁上的那层细汗冒出的时间,我也一样不知道她会在什么时候把那个"内容""细细讲给我"。但在某个瞬间我恍惚意识到,我即将听到的内容还埋藏在这个叫下树的女人的身体里,而这具身体对需要"细细地去讲"的内容又是如此慎重,如此珍爱,采取的防护措施如此缜密。

2

"说说那部小说吧,"我说。

"啊,"她仰起脸闭上眼睛,像是要吸一大口树林里的新鲜空气似的,停顿了一下,又像是临时改变了主意,把头低下来,又像是要证明自己确实没有吸那口貌似确实吸了的空气似的说,"我写完有一阵子了,来来回回翻看了几次,还算满意。或者说,它如期呈现了我写作这部小说的本意。但还有些问题,无法回避的问题。它的某些细节总感觉不太对劲,不是很妥帖。不过大体上是没问题的。"

"我给它取名叫《边角花》。边角花你知道是什么花吗？想想看，信封的一角（通常是左下角），窗帘的一角，衣服的一角，古典风格的柜子箱子的四个角，知道了吧，在那些地方落脚的花。通常坐在教室一角的女生，如果你愿意，也可以称她们为边角花。"

"它是一个爱情故事，也是一个和跟踪有关的故事，是一个寻找幸福的故事，又是一个'如何看见真实'的故事。"她说，"看见真实才能找到幸福。"

"具体情节我是不会说的。你看了就知道了。我会送一本给你。对了，"她忽然想起什么，"购物袋里的笔记本一会儿拿给你，你到时可以带着。"

"我会在笔记本封皮的一角手绘一朵边角花。"恍惚间，这话仿佛出自她体内的一位消失多年的少女之口。

"你知道什么笔的笔迹保存最久？铅笔。"

"除了我翻阅过几次的手上的这本，我还将再制作一本。第二本。我不想让它再多了。这个笔记本你一定要保管好。即便电脑和手机都消失了，它还会好好的。"

什么叫手机电脑都消失了笔记本还会好好的？这是她特有的说话风格吗？这是一种说话风格还是……

是要说的内容过于费解说话人只表达出了一小部分，她自己却又浑然不觉？

我的现场感受是，我感觉被装进一个麻袋里，类似黑帮电影里的一幕，眼睛被蒙着，嘴巴上封着胶带。在一辆轿车的后备厢或一辆卡车后面的挂车上。这两种车不断向前，车外景物飞逝，地点依次变换，而我却对此一无所知。我的大脑被送进了一块黑暗区域，在那块黑暗区域中，大脑像瘫痪的人无法行走那样无法运转起来，一台被掐了电的机器能做的只是保持安静，任由灰尘从上方缓缓降落，降落。现在，这台机器开始说话了。它用一种她听不懂的语言说，慢慢来，不着急，我们还有时间。只要说，就总会越来越清楚的，就像哈欠连天的司机有旁边人陪他聊天他就不至于睡着，他就还能再开一阵子，就会离目的地更近一步；就像即将昏迷的人要强迫自己不断说话才会保持清醒，挺过那个时间段通常就会熬到救护车出现。更何况我们的情况要乐观得多，我们需要的只是静静地坐着，面对面地蠕动被称之为嘴巴的那个孔洞，让它发出一些气流，进而呈现高低各异的摩擦音，像两只鸟儿两只猫那样，交谈。

3

我问她小说写的是什么时候的故事？古代还是现代？

她说"后者"。她发"后"的音很重，就好像我们附近有把小铲子突然铲了下泥土（我们此刻不是坐在一间舒适的房间而是置身户外某个有花有草的地方）发出一声闷响。手持小铲的人像是对脚下的地面思忖了很久，突然在这个时刻开挖了。他在寻找着什么。而他确信最后选中的那块地面之下刚好就有他要找的那样东西。又好像，她说出"后"这个字时喉咙刚好不舒服，有点堵塞，而又不愿推迟送出答案，于是在给出答案的同时喉咙的堵塞也得到了疏通。这种经由疏通带来的快感，致使"者"字的发音几乎听不见，很可能它是通过吸气发出来的。

之后她又重复了一遍"后者"这个词，这回她的声音又回到了之前的常态。平静，中性，美好。就像一个步履从容的人突然被绊了一下险些摔倒却没摔倒，身体打了个趔趄，但很快那具身体又恢复到之前的步履。"20世纪90年代初吧。"她说，"1992年到1995年那会儿。大致的时间段。那时候有磁带、录像厅、出售盗版书的路边摊，"说到这几样事物，她的眼睛亮了一下——仿佛立即看到了它们，仿佛那几样事物就一直在房间的空气里隐形地存在着，浮游着，只等有人提到它们,一旦那个时刻到来,它们就会立即现身。如果那人愿意,它们完全可以一直那么陪伴着她,再不消失不见——随后又黯淡下来。"还有些别的。"她几乎算是敷衍地说。

"那时候没有互联网,没有CD、DVD,更没有电子书。"我说。

她冲我笑了一下。那意思好像说"是的,孩子。"

"主人公?"我问。

"一个大二女生。那时候的大学有很多专科的,两年制毕业。她那年上大二。"

"她叫什么名字?"

"我喊她山葱。不那么女性的名字,我也不知道她的原名。"她说,望着对面刚才似乎现形的磁带、录像厅、路边书摊,目送它们的队伍远去。

"那年她十九岁。"很快她又说,"你不需要知道这些,知道也没用。"

"怎么会没用?"

"这些你在小说里都能读到,不需要谈论它们。"

说完,她向茶桌伸出右手。

我注意到那只五指自然放松的手在远离她的身体、向茶桌逼近时,那五只手指在空中看不见的一条弧线上、不易察觉地向掌心下方的某个中心点聚拢,形成一个陀螺状的、鸟嘴形捕获器。

这个捕获器眨眼间就走完了空中那条看不见的弧线的全程,现在,它已经到达茶桌上盛有松子的小碟的最上方,触碰到松子堆最高处的几粒松子。

它在那几粒松子上停顿了一下,似乎是需要将触碰到猎物的信号迅速反馈回大脑神经似的,待接收到来自大脑神经的决策后,这部小小的松子捕获器并没有直接取走松子堆最高处的那几粒松子,而是以一架挖土机的前爪那样深深地插入无法退避、只能一动不动保持原状的松子堆的深处，几近碟底。

接着，这部满载猎物的小型捕获器缓缓上升。在上升途中，却又任凭猎物四散逃窜，逃的逃漏的漏，似乎它这次出动的目标并非猎物而是某种乐趣，而此刻猎物四散奔逃的场景让这种乐趣达到高潮，甚至，它的鸟嘴形外表在上升途中都不由得开始微微战栗。

终于，它上升至先前松子堆的顶尖处，不知何时这个顶尖已经下降到之前一半的高度，像是坍塌后的房屋屋顶，有气无力地斜搭在已经面目全非的由墙壁、梁柱、家具形成的废墟上。

鸟嘴形捕获器掠过已经模糊得没有外形的松子堆顶尖，只劫掠了其中的三两粒松子，然后迅速离开小碟上方，向上翻转，把那经由一系列复杂程序捕获的三两粒松子用大拇指之外的四根手指捏进掌心，形成一个圆柱形的囚室，最后再用屋顶一样的大拇指盖严，不让一丝光透进去。

与此同时缓缓加速，向之前出发的身体回归、靠近，却不直接送进它们往常被送入的身体上方的另一套系统的入口，而是从胸口的位置开始下降，下降，直至下降到腹部的位置它才停住。

现在，这只握有几粒松子的拳头在轻轻地压着小腹。那情形就好像是，那只手在遵从某种针对小腹的按摩疗法的指导，采用某种不为外人识破的节奏有一下没一下地轻压着小腹；又好像那只拳头准备把那几粒松子喂给小腹，却一时无法着手，只好把松子暂时握在掌心。

可是，拳头不知道人的腹部是不会吃东西吗？

很长一会儿，我们都没说话，她就做着那样一个轻微的动作，以为我没留意到，而我却明明始终盯着那只比我的拳头小一号的拳头，留意着它的新动向。

"仿佛我们不在一个时空，"有一瞬间我突然恍惚了一下，做出这个猜想，就像猜想自己不在地球上一样荒谬，"要不然，她不可能没有察觉。"

"你哪里不舒服？"我问她。

"没有。"她似乎瞬间从一个我不知道的深渊出来，声音听起来感觉很遥远，似乎正在往回赶的路上，回到我们此刻所在的、沙发呈L形摆放的小房间，小茶室。

"没有。"她又重复了一遍。这次彻底回来了，声音开始像是在我面前发出的。

我为自己倒了杯茶，又看了眼她腹部那儿的小拳头。

不知何时那只小拳头已经不见了，现在它像个支架一样五指张开支撑在她身体一侧的沙发表面。那一小块受力面看上去已经下陷到本身可以承受的程度，已经不再下陷了。之前握着的几粒松子也已不知去向。

我还想说什么，正要说出口，可情况就像是突然被人打岔后再也回不到之前的话题那样，要说的内容消失不见，再也想不起来。与此同时，另一个相似的场景在脑海闪现了一下，随即就消失无踪。像是来自遥远的记忆，或者某个梦境，我不能确定。我能确定的仅是那个场景，像某张错版的纸币、邮票，或某部拍摄极为严谨的电影里的穿帮镜头那样出现了。那是另一个女孩点头的动作。同样的白墙，同样是在室内，同样的像是正要做出点头这一动作，却被某只看不见的手在脑后轻轻按了一下的那种点头。这样的点头动作混淆了我的视听，使我判断不出它是主动的还是被强迫的，还是半推半就的。我无从分辨。

我要说的、没来得及说出口的话，被什么东西劫走了。似乎那个东西察觉到我的话不利于它的存在。可它是一种什么样的存在呢？

我久久地陷在这一瞬间带给我的轻微异常之中，这一意外带给我的无从捉摸之中，那情形就好比在我的头顶始终存在一个巨大的游泳池，每天都会有很多人在里面游泳、嬉戏，岸上的小商店兼售票处、存衣处一白天都播着过去的流行歌曲，而我既没听见那些歌曲也没见过那些顾客，更不知道上方还有个游泳池存在，另一个世界存在。如何才能看到那个已经直觉到的世界？如何才能步入其中？归根结底，如何才能看见一个看不见的世界，并把自己的身体置入其中？

4

见我欲言又止，她没再细问。

她起身绕过面前的茶桌（她没有从我面前的这条路径走过）走近我右手的书架，弯了弯腰，手够着购物袋的时候又松开了。那情形怎么说呢，就像一个小偷——在物主的眼皮底下即将下手前用一些小动作试探物主的眼力，估算着成功的概率。后来，她索性蹲了下去，像个小女孩盯着一罐子五颜六色的糖果那样盯着那只购物袋，沉默了一会儿，叹了口气，又忽而有点小兴奋地摇了下头。

看她迟迟无法得手，我要她起来回到原来的沙发。她不解地看着我。

那是我第一次在她眼睛里看到问句——一个以问号结尾的句子。我始终忘不了那一刻，在那一刻，她仿佛在毫无知觉的情况下把她的整个身体拱手让我，供我处置、派遣，任我对待。我感觉自己身体里忽然被放进了很大一团淡蓝色薄雾那样的东西，因为无法装下，又不能压缩，于是身体就像一个被引燃的稻草人那样变得炙热，浑身上下冒着烟。

那个问句又像条天际公路一样在我面前展开，似乎瞬间就可以抵达她在的那一端，又似乎永远无法触及。待她在沙发上坐定，我告诉她我们还可以再聊聊，我并不急于知道什么，我现在很放松。我从未如此真切地感受过一呼一吸之间时间的流逝。

"我感觉我们像是在一个山洞里，"我忽然这样说，"我们分别坐着两块大石头，围着更大的一块石头喝茶。头顶滴水的声音清脆悦耳,忽远忽近。"我又说,"洞外是荒山野岭,没有人烟,只有连绵不绝的风声、树声,万千孔洞的呼应声。"

"好像下雨了。"她闭上眼睛细细地听着,那神情就好像雨就在她的身体里开始下的,因为隔着无法穿越的皮肤,她无法立即判断雨点的大小,但某些细微的身体症状已经给她带来了下雨的消息。

她微微颤动的眼皮似乎一直在尽力追随雨脚的疏密以便感受雨点的节奏,并把那种节奏反馈出来。

此刻看上去,她又仿佛某只结束冬眠的雌性动物,正一下一下地将被划分为很多区域的身体按区域逐个唤醒,最后才将所有被唤醒的区域像一张电网那样连接起来。在所有各自为政的区域变成一个完整的区域后,她的眼皮方才睁开。

我倏地闻到一股由凉风裹挟而来的泥土味。

"我去把窗户关小一些。"我说。

"全关了吧。"她看着我说。

她眼睛里有层湿湿的反光,让我想到之前在电视里见过的某些海洋生物。

关好窗户后,我没有直接返回最北边的小间,而是去了趟洗手间。从洗手间出来,我才发现仅喝了一开始的一小杯茶,茶的味道也不记得了。就像走慢了的表针有个时刻经某只不明来历的手拨准后的情形那样。再次恢复之前的节奏后,那种茶叶的名字才再次在我脑海中浮现出来。

"普洱茶。"我对自己说。用一个仿佛终于想起自己名字的失忆的人的口吻。

我感觉身边有什么东西一直在对我施加作用。我不知道那个东西是什么。但因为它的存在,我的身体在缓慢地、无法察觉地发生着变化,变得迟钝了,不开化了。同时思维又变得异常活跃,但又毫无方向、条理可言,想的都是各种没有丝毫联系的事物、一个个绝无可能拼接起来的碎片。

我的直觉把我向下树身上引,它断定我的身体之所以会发生这样的变化完全来自下树那个女人的存在。

对于这个看法,我不能接受,也无法否定。

"说出你的理由。"我对内心的那个声音发问。

"你不觉得她身上有种你永远看不透的东西吗?"

"慢慢来。"

"不可能。你永远也看不清楚她。你最好离她远点。你敢说你知道她脑子里在想什么吗?"

"没人能进到别人的脑子里。"

"你已经一步步落入她的——"那个声音停顿了一下,又接着说,"哦,我不能说那是魔掌、诡计,也不能称之为阴谋、圈套,不不,这些词都不合适,让我再想想,我不能贸然用词,"再次停顿后,它忽然尖叫起来,"计划!就是计划!"

"当然是计划了。"我肯定它的用词。

"她不会告诉你她的计划的。当心。"它用一种故意模仿出的邪恶的声音恐吓我。

"知道了。"

"当心。"

"知道了。"

内心的那个声音消失后,我才发现我一直站在原地,也就是洗手间的门口。

正准备走时,那个声音又回来了。这次它换了一种口吻,有点温柔。

"能好好谈谈吗?"它说。

"刚才不算吗?"

"刚才是打招呼。"

"繁文缛节。你有名字吗？"

"什么名字？"

"名字！"

"那是什么？"

"一个符号，指代你。"

它听了满心欢喜。接着，仿佛围着我转了半圈，从一直在我背后的位置忽然绕到我面前，声音变小了，却更清晰。它还是劝我不要加入那女人的计划，用它的话说就是"不适用于任何一个人"。过了一会儿，约莫它已经走远，我再次回到下树坐着的小间。

坐下后，我意识到自己碰到个问题。这个问题之前在睡类似回笼觉的时候碰到过，但也是仅有的一两次：我不知道刚才在洗手间门口待了多久，也就是说，看着面前的自称是下树的女人，我不知道离开了多久。我无法通过一杯热茶的冷却程度来判断——我的茶杯空着；墙壁上没有钟表（即便有我也不知离开的钟点）；小碟里的松子没有减少（少了几颗也无法目测出来）；下树也没有显示出困倦的样子；坐下去的沙发已经变得平展（一分钟就会恢复吧，不能作为参考）；我对面那堵窄墙边摆在花架上干掉一半的花也没再干掉更多（反而看上去似乎干掉的没那么多）；窄墙上挂的黑白照上的塞尚托着下巴的手仍托着下巴，没有移开出现在画面的其他地方，仍稳稳地托着下巴；头顶的灯泡亮度似乎更亮了，我离开后灯丝不但没有被消耗反而更强劲了？

"喂，"我说，"有了，我以后叫你柏拉图好了。"本来是对内心那个声音说的，不想被对面的女人听到了。她笑了一下，不置可否，像是被一阵微风吹了一下，感觉到一丝凉意却又无法言说，又或者是觉得没必要太当回事。总之她是笑了一下。

柏拉图没有回答我，只冲我做了一个"掐"的动作。我不明白它的意思。是要我掐它？还是掐对面的下树？还是掐我自己？我不知道。

5

"你不想把事情搞清楚吗？或者说，你想过把事情搞清楚吗？"下树看着我，忽然这样问。

"我们坐在这儿，不就是为这个吗？"我说。我察觉到这样说时身体往沙发里挤了挤，四肢以肚脐为中心收缩了一小圈，就像忽然感觉到一丝寒意时人常做出的反应那样。

"可你很少发问、问问题，你好像不觉得有什么困惑似的，"她说，"又或者，你尽量不让那些困惑影响到你。我是这样感觉的。"

"我是不大喜欢问这问那的。"就像面对镜子，我终于承认又衰老了一点。

她忽然很快地、有点夸张地笑了一下。这样一幕给我一种不真实的感觉。我一会儿觉得她是个医生或护士，此刻正在医院的某间办公室，对面同行的一句什么话让她止不住笑了起来；一会儿又觉得她是个病人，这位病人刚做完手术不久正在恢复期，按照医嘱需要安心静养，尤其是要保持情绪稳定，不能大笑或哭泣，而此刻她正被来探望的朋友或同事的某句话击中了笑点，冒着被值班护士发现的危险笑了起来，却很快意识到这样做的不妥，又急忙打住。还有一会儿，她让我觉得我是进了一个男士免进的美容院，她则是一位戴着口罩坐在过道沙发上排队等待的年轻女人，我从她身边走过的时候，不知身上的哪一点，也许是穿着的搭配也许是走路的姿势，要么干脆就是我整个人的突然出现让她笑了起来，但很快又意识到不礼貌，这才不好意思地止住。

我一会儿恍惚看到了她脸上的雀斑，一会儿又似乎看到了她身上的衣服遮挡着的伤口，一会儿又确似嗅到一股乙醚的气味。

"好可怜。"医生、护士、病人、去雀斑的女人，她们此刻在不同的地点同时向我说出这句话，以至于我根本理解不了这句话的意思。我只听见三个字。一、二、三，我仔细地数了一遍。没错，三个字，一句话。

"就是说，没什么好奇心了。"接着，我又听到她们说了这样一句。就好像医生护士说出了本该由一位精神分析师说出的话，通过这句话，医生将做出最后的诊断，而护士也早已在一旁束手待命，诊断一旦做出她将投入新一轮的护理工作。又好像那位美容院正准备去除雀斑的女子通过对我好几轮的咨询（一位年轻女性通过一位中年男性的视角），终于得知自己面部那些之前令她沮丧的小斑点不仅无伤大雅，还增添了她的个人魅力，确定我不再对她面部的斑点好奇，终于肯在我面前摘下那只蓝色口罩了。

"不是没有好奇心了，不是没了，"我说，"而是提高了触发它的参数，不再那么容易产生了。"

我看了一眼茶桌上的烟，一种我不熟悉的牌子。淡黄色烟盒。

她起身走出小间。

我注意到她没有去洗手间的方向，而是一出小间就向右，再走几步去了与小间一墙之隔的另外一个小间，也就是她始终坐着的沙发后面的房间。

我想起刚进来时看到过那个小间，以为是储物间。它的位置过于偏僻，甚至有很强的有意隐蔽的意味。我猜想她把它用作卧室了，墙上内嵌一个窄而高的衣柜，然后就是仅有的一张单人床。墙上空无一物，脚下也是本色的水泥地面。现在，她是在那间类似于修道院的自修室一样的小间里换衣服呢，还是打开嵌入式衣柜找寻一条薄的毛巾被一类的东西？喝茶的小间已经浸满凉意，时间也过了零点。

6

我强迫自己不再想这些因为空间阻隔而只有时间才能给出答案的事情,闭上眼睛。过了会儿,等我再次睁开眼睛的时候,我看见的不是已经出现的下树,而是两个茶杯。

面前茶桌上的那两个茶杯。

一个是她用过的,一个是我用的。一个远,一个近。都是纯白色,没有图案,大小相同,也就是说完全相同,没有区别。可我想的或者说看到的却不是这样。

它们是完全不同的两个茶杯,自从她用工具将它们先后摆上茶盘后,它们就开始了各自不同的命运。一个供一只女性的嘴唇接触、啜饮,供一只女性的手抚弄、捧起,另一只则被划分给不同的性别的手和嘴唇,不像酒杯那样。自始至终这两只杯子相互没有接触、碰撞的可能,它们独自在各自的轨道上运行,在各自被划定的区域内做着重复运动,时近时远,却始终无法相遇。

我给自己倒了杯茶,将茶杯捧起送至嘴边,眼睛却一直盯着远处的另一只杯子。那只杯子在我睁开眼睛后似乎具有了某种魔力,不断地释放着只有它自身独有的分子——下树式的分子。我知道它们来自残留在茶杯上的下树的唇印和指纹,来自刚才茶杯与下树共同度过的那一段时光。她离开之前的那段时光似乎已经被渗入了那只茶杯内部,组成茶杯的骨瓷的每一个分子。现在那些分子由于过剩,正不断地往外溢,而我感受到的下树式的分子恰恰就是这样的吉光片羽。

我将送至嘴边的茶杯原样送回茶盘,接着我的手指做了一个我自己稍后才能理解的动作:它用中指的指尖轻轻将茶杯的杯沿一推,茶杯立即倾倒,里面的茶水全部流进杯盘下面那个黑暗的、视线无法抵达的、被称之为储水盒的死寂空间。接着,它按照自己的意志、用一种我不知道的手法、毫无遮拦地将两个茶杯调换了一下位置。

现在,刚才拐了两个弯消失的脚步声仍没有再次响起的迹象。我盯着面前的两个茶杯,迫使因为看到刚才的一幕而加速的心跳减速,再减速,直至变得平稳,恢复正常。两个茶杯,茶盘上还是两个茶杯,没有多也没有少,仍然保持之前的数量,每个茶杯表面上既没有多出一个图案,也没有出现一个豁口,一切都保持着那一幕发生之前的样子,相似到我都开始怀疑它们有没有经过调换,那一幕有没有真实发生。

但一个声音说"发生了,发生了,一切都不同了。"那个叫柏拉图的声音又回来了。

"我知道我知道,"它迫不及待地说,"我什么都知道。"

"你知道什么!"我装作不以为然地嘀咕。

"我看见了,什么都看见了。别以为我不知道。"

"就算你知道,"我尽量让自己的话听上去没有敌意,平静地对它说,"也最好不要声张。"

"我不会声张,我会悄悄的。但我不能保证不被她识破。"

"不要你保证。那是另一回事。"

"可是,"它的声音小了很多,那会儿那种兴高采烈不见了,带着一丝好奇,还有一点委屈,像是忽然沦为我的同谋后害怕事发遭受牵连似的,"我还是不太明白,我能问问吗?"

"不能。"

"就一个问题。"

"那也不行。最好别问。"

它沉默了。过了会儿,我开始分不清它仍沉默着,还是已经走了。

"问吧。"我莫名地开始试探它。

"好,"它立即回应我,"我不明白的是,你为什么要这么做?"

"我也不知道。"

"她会识破的。"

"不会。"

"不会才怪。女人直觉很灵的。"

"你是不是盼着她看出来？"

"倒不是。我是担心你。这和小偷有什么分别？"

"嗯？小偷？你倒把我搞糊涂了。"

"你偷的是真相。"它不客气地说，"不过，我的世界里没有真相。"

下树回来了。

她看上去有点乱。不是外表上的乱，因为她仍穿着离开时的衣服，没有增减，是神色上的乱。

现在，看得出来那种乱在她身上正快速退去，她自己也在有意地暗中协助着它们。

"我找到一个本子。"她在原来的位置坐下说，"我都以为找不着了，还是找到了。"

她手里拿着一个厚厚的牛皮纸本子，全新的样子。"没有用过，你看，里面全是白页，没写一个字。"她已经递出来，我都已经伸出手准备接的时候，她又快速收了回去。"稍等，我帮你擦擦。"她抱歉地说。然后从沙发旁的小筐里取出一条小块毛巾，细细擦一遍，才递给我。

"之所以想找到这个本子，把它送给你，完全是因为它封皮上的那朵花。"她很有兴致地说，"那是我画的第一朵。"

封皮的左下角果然有朵手绘的花朵图案，小小的，一片指甲那么大。我数了一下，一共三十五个花瓣。

"我后来还在其他本子上、书的封面上画过这朵花，但都不能算是第一次了。"她笑了一下，"你知道的，第一次只会有一次，不会有第二次。"

"如果第一次再来一次的话,这个第一次就是第二次了。"我顺着她的意思说。

"其实想起来,也没有画几朵。"她语气哀婉,有失落,还有失落平复后的平静,"都能数出来。主要是自己做的几本书和另外一个本子,那个本子我已经不会再找了,我确定它已经丢失,和我无关了。"

她说上面有她未完成的半部小说。接着,她像是险些掉进深渊的人立即又回归安全地带,背对着那个令她魂飞魄散、万念俱灭的深渊说:那个小说已经与她无关了,即便后来坚持在另外的本子上写完了小说的后半部,然后又依赖记忆尽可能还原了丢失的前半部,但她已经不认为自己还是那部小说的作者了。

"都源自一个小小的疏忽。"她仿佛又在内心回顾了一下背后的深渊,以及刚才险些掉下去的瞬间,不由地打了个哆嗦。

看她没有再谈那部丢失的小说的意思,我看着手里的本子上的那朵花,说这可是好几朵里的第一朵啊。她冲我笑了下,一种不情愿的、礼节性的、退到远处的惨笑,似乎想通过加大距离的方法削弱其不幸程度的惨笑。

她给自己倒了杯茶,用比我的手指细一号或两号的手指捧着茶杯,看了一眼我手里的牛皮纸本子。

我知道在那短暂的一瞥中,她并未看到牛皮纸本子的厚度以及负责将本子托载的我的手,她探照灯一样的目光扫视到的只有那朵花:

一朵瞬间使它周围的事物销声匿迹、将自己置于独一无二境地的、在雪亮的探照灯下一如在春日的暖阳中悄然绽放的、以某支铅笔的笔尖的运行为足迹的手绘花。

我似乎看到花朵的中央有颗小小的心脏在跳动,心率正常,色泽红艳,表面被细小而强劲的血管织成的网包裹,而这颗精密心脏的另一个副本——经由某种空间技术、时间技术复制之后增大几十倍的心脏,同时在我对面的自称是下树的女人胸口跳动。

这使我不由地想到,就在不远处、她对面坐着的我胸腔里的这颗同样构造的跳动物,我对它的原件一无所知,我不知道那个原件此刻正在何处跳动,以哪种事物的形式跳动。一个固定的图案?一段循环不已的视频?某个数字?某一段文字?一种我无法设想的微小动植物?

我有点羡慕下树了。显然,她也从我的眼睛里察觉到了这一点。

她看着我,却向内心深处或是眼睛里升起的某个只有她能看到的什么东西微微点了下头,就像一直以秒计算耐心等待某个重大情况出现、并且这个情况终于出现后那样,甚至都无须借助某个需由口腔发出的指示,只需一个眼神,一个轻微的动作——正如她刚刚做出的,就那么轻轻地点了下头,事先已经准备却一直处于待命状态的一切就开始运转了。

"这才是重点。"她用一种坚定的语气说,"你眼睛里的东西才是重点。"

但我还是不确定她看到了我眼里闪现过的那丝羡慕,就像无法相信自己身体的每个器官像闹钟被钟表师傅一一拆解之后那样,大小不一形状各异的零件都被整齐有序地在桌面摆好,她一伸手就捡起我的一只眼球,把它举到额头上方,眯起眼睛,细细端详。

她能从那只眼球的表面的反光判断出光照的角度、太阳此刻在天空的位置,并由此推断出本该由那只已沦为一堆零件的闹钟显示出的准确时间。

就这样,因为看到一朵小小的手绘边角花,以及跳动在它深处的一颗微型心脏,伴随这颗微型心脏在我瞳孔上的一小点闪光,以及这闪光在我眼球上引发的轻微涟漪反应,下树立即认出了她等待已久的信号。好比外星生物在距离地球的不远处一抬头看到刚才还是表面布满森林河流大海的地球转眼间套上了一层布满橘黄色繁密光点的网兜，之前森林的绿色、大海的蓝色相应地落入沉沉黑暗，看着这幅情景，它们比对了一下手中照片上显示的地球的夜晚景象，一个布满人造灯光的球体，确定此刻看到的就是地球；一如我眼球上出现的羡慕的闪光，经由下树在她内心的太空舱和某个眼球的图片比对后确定的那样，"这才是重点，"她兴奋地对自己宣布，"这只眼睛里的东西才是重点。来，拥抱一下吧。"

我留意到我搁在沙发扶手上的右手悬空的小指甚至都没有动一下。它依然静静地保持之前的动作，仿佛围绕着它的那一小团空气正在分泌出一种蜂蜜一类的物质，它张开藏在指甲缝里的一根线条一样的嘴巴，一下一下地吮吸着那物质，近乎迷醉。

她从书架那里直起身向我所在的沙发出发时，她身上的味道已经率先到达了。那是与太阳雨不同的另一种气味，里面有中药的成分。似乎她是一个身体受伤的女人，旁人看不见的伤口都被衣服挡住了，遮蔽了；似乎她是一个经历过精神创伤的女人，创伤至今仍无法愈合，而那缕微妙的不易察觉的中药味经由这些伤口，从心脏这一身体器官的中心地带发散出来（一如我们忽然感觉到某种味道，即便确定那种味道绝非由身体产生而是来自遥远的回忆，我们还是会感觉它就在我们身上，是从我们身体的内部产生出来的一样）。

随着她身体的靠近，这种味道逐步被她身体的火炉加热，其中的分子受热后变得活跃起来，出现了层的划分，反应迟钝地落在最下面一层，活跃度高的在最上层活动。与此同时，也就提升了最上面那一层的气味的纯净度。我不知道与我鼻孔等高的那一层的纯净度在所有数值中的位置，但显然，它变得更容易被鼻孔吸入，同时，也减轻了我感觉系统的负荷。

她站在我旁边，我忽然认出了自己不知何时已处于一只红薯的境地，我的身体因下树这只火炉不知何时已经变得热乎乎了。红薯在一段无意识的时间里已经吸收了火炉的一部分热量，而火炉暗中就是要用自己的巨大热量中的一小部分缓缓地撑满我的身体所能承受的最大热量,直至那个瞬间到来——滚烫的白气从红薯有缺口的一端、或表皮上的某个破损之处突然喷射出来。那情形无异于刚踏上火车车厢踏板的旅客冷不防被一阵强劲的尖啸吓了一跳,无须反应,瞳孔上就随之冒出了位于火车头上方,仿佛某只体力过盛的牲口毫无征兆地打了个简短的响鼻,也可能它在用发自肺部的强大气流试图将夹在鼻孔里的一根稻草喷出的烟囱的画面。

我想到了招工启事、她身上的太阳雨的味、适合装进口袋的笔记本,我想到了到达她住处的几条经由语言表述变得复杂的路线、进来后被她反锁的门、关小的窗户,我想到了这一切的一切,哦,这些类似煤炭的物质,早已沿着一个我看不见的时间通道,按事先排练好的次序、不动声色地被送进下树的火炉,并且,炉火不时还被一本拿来用作拨火棍的据说是需要检修的小说捅一捅,以便达到适合烘烤的最佳温度,炉底出现的灰烬则被一把封面手绘花朵的牛皮纸日记本的小铲子偷偷清理干净,为不断落下的新的灰烬腾出位置。

我要她做出解释。为什么"我眼中的东西"才是重点,并且重要到需要一个拥抱来庆祝?她说她无法给出解释。

"我只做我该做的,我能做的。"她说,"即便答案就在我嘴里嘬着,一两分钟就能解释清楚,我还是不能那样做。"她说。

"为什么?"

"为了不让一切失效。也就是确保接下来的每一步都能走得稳当,都能成真。"

见我不理解,她又补充说:"就是会成为事实。"

"在它们成为事实之前,你必须保持对事情一无所知,处于一个无知的状态。甚至,这还不够,你的身体也必须尽量向无知靠拢。"她继续补充,"这就是我的全部要求,最基本的要求,唯一的要求:你必须对我们的合作一无所知,我们才能成功。"

"不然呢?"我问。

她给我讲了一个海市蜃楼的小故事。

讲完之后,她第一次用一种之前没用过的、同时是命令又是请求的口吻说:"相信它。领略它。"

这就好比一枚硬币的正反面被她从中间削开,然后同时摆上桌面,无须翻转就能直接看见正反面的内容。"命令"的一面凸版刻印出一位威严的女王的头像,女王目光平视远方,远方的森林和山脉最终化为一条细线,消失在一片金属色的地平线。

"请求"的那一面,凹印着一位卑微的女仆的头像,这位女仆仰视除了铸造硬币的金属材质外空无一物的天空,面部肌肉扭曲,情绪处于激烈的动荡之中,两串水珠一样的眼泪从她的眼角依次下落,最靠下的一颗已经抵达她的上嘴唇外侧的部位。她张大嘴巴,像是对天空询问什么,或者控诉着什么,再或者是忏悔着什么。头发被头巾严严实实地包起来,脸上沾满金属颗粒的污垢,似乎无论她如何洗如何擦永远也清理不掉似的。唯一能看出她年龄的是那双眼睛,清澈,空洞,仿佛田野上两个积满雨水的小坑,表面即便反射着冰冷的银色天空,也看不出一丁点反射的迹象。

女王和女仆其实是一个人的同一张脸,虽然表面上不容易看出来,显然一位名叫下树的设计师当初就是这么设计的。一旦把两张面孔并置起来,她们就会立即认出对方,像照镜子一样。她们的目光在天空相遇,并随之开始缠绕,像互相冲对方身上吐丝的蚕那样最终将对方裹成一只洁白的茧,再也分不清谁是谁了,哪个是哪个了,唯有通过风景的不同来区分硬币的正反。

"你睡会儿吧,我再想想。"我没看她,看着对面已经变亮的墙壁。

不知何时外面已经开始出现早晨上班高峰的嘈杂声。

"睡起来我给你答复。"我闭上眼睛说,"我好好想想。"

我在沙发的怀抱里就快要睡着了。睡意一直在侵袭。我强迫自己不要睡着,就像劝怀里中枪的战友不要睡着一样。睡意的浪头一个接着一个,很多次我都像技术高超的冲浪运动员那般顺利躲过巨浪灭顶的咆哮,依然踩着脚下那只一小块陆地似的冲浪板,出没在巨浪间的山谷,以一位隐士悠然自得的心情漫步、赏玩,自信头顶的蓑笠、身上的蓑衣再大的暴雨也应付得了,放任兴致追随着雨中氤氲的山色,浑然不知山洪欲来。山洪的巨浪将这个天空遮蔽的时候,我踩着的冲浪板仿佛变成了一片指甲,而不再是之前与我一同冲出险境的战友。在巨浪面前,它变成了一片派不上用处的、多余的指甲,对于这片指甲,你既不能用它去抓巨浪的脸,也无法像符咒那样对巨浪造成恐吓,你能做的仅仅是小丑一样地踩着它,像踩着一件陪葬品那样,迎接巨浪带来的深沉的睡眠。

第三章　门

1

醒来的时候我发现自己在开车。

手握方向盘，坐在驾驶座位，视线正视前方。

黑布条一样的公路，不断铺开，越铺越窄，越窄越远。它试图在蒙一双巨大的眼睛，却怎么也缠不完头颅一周。即便在远方消失成一条黑线，一个黑点，这个想法仍在持续，这种欲望仍在发动，它还要变成更小的黑点，黑点中的黑点，直至消失在一粒尘埃之中，随着那尘埃四处游荡。到了那一步，即搭上一粒貌似尘埃的花粉的微型降落伞，这根黑布条才会摆脱蒙住那双眼睛的想法，才会摆脱绕那只巨大头颅一周使自己首尾相接的想法，会放下要蒙住那双巨大眼睛的不死欲念，与那双眼睛的对峙才会解除，那双眼睛对它的凝视以及这种凝视对它的囚禁才会终结。

如果不是驾车行驶在一只巨大的眼球上，我怎么可能醒来的时候在开车，也就是说我怎么可能睡着的时候在开车。

四十公里每小时，三十五公里每小时，车速的指针始终在五公里内部摇摆。

挡风玻璃的右上角,副驾驶正前方靠上,一大滴黑白相间的鸟屎,恰好在雨刮器刮不到的地方。

我左侧的窗玻璃被摇下三分之一,我习惯的是四分之一。我又往上摇了些,摇到我认可的高度。

我的手摩梭了两下方向盘,没错,就像看到的那样,是我的车,我的方向盘。

"你这是要去哪儿?"一个声音。女人的声音。来自副驾驶座位。

"你一直在这儿?"我问。

"对啊。"

"哦,我才看到,"我说,"刚才没看见。"

副驾驶座位确实坐着一个女人。梳着马尾,三十多岁的女人。

"你准备去哪儿?"她面向我,微笑着。

美好的女人。美好的事物都似曾相识。

"去吃饭。"我随口说。

我说,一直往前走,然后有个右拐的路口,右拐后,会有条小路,"汽车可以走。"上了小路,马上会路过一个水泥厂,"印象中我只见过几辆大卡车进出,没见过里面的一个职工。不过我想他们应该也穿着深蓝色工作服吧。"它门口有几个大坑,我会放慢车速小心地避开它们。

紧挨着水泥厂南墙的是一片小树林,树木的叶片上常年都蒙着一层石灰,好比睡眠不足或感冒导致身体不适的戏曲演员,登台前任由化妆师耐心地往她们脸上涂着厚厚的油彩,层层油彩使得原本就昏昏沉沉的身体更加机械了。我猜想"只有下雨的时候它们才被允许露出似乎是被管制的本色绿。"林子里总能看到几只飘浮的一次性塑料袋、一堆废砖、几只如叶子完全干透却未腐烂、浸泡后可作干菜食用的蔬菜般的自行车轮胎。

林子南边是一大片庄稼地，种着小麦。我们一路向南。东边，也就是左手边，会一直是小麦，右手边则呈现一片碎玻璃镜片一样的湖水。湖还远，一部分湖水被引到了这边。芦苇和疯长的杂草克制地与小路保持着距离，它们完全具备将小路吞进肚腹的能力，也倍受这种野心的折磨。它们甚至游说月亮躲进云层，为它们在头脑中虚拟的鲸吞小路行动制造机会。"那些杂草就是这么说的，"我说，"鲸吞小路！"

　　接着开始下坡，一边左拐一边下坡。地势低下来。这是我们拐的第一个弯。一直向东走，但不走很远，五分钟后，再向南拐，就可以看到一条笔直的公路，上到公路了。小路结束。公路的尽头有个小村子，到时我们会往左拐，不左拐继续向前的话就会上到对面的山上去。

　　我们刚上来的这条公路是最近一两年新修的，左边田地里的小麦会在你没有察觉的情况下被一些药材、蔬菜替换掉，右边则会出现大片的荷塘。在一些荷叶的间隙，你会瞥见鬼影一样的钓鱼人。不知是荷叶瞬间变得巨大还是他们被缩小了，他们竟能钓上比自己块头还大的鱼。这些微型的钓鱼人一整天都在荷叶的间隙出没、游走，乘着荷叶间穿行的流光，咕嘟一下消失了，再咕嘟一下就又到了另一处。他们手中的桅杆行驶在绿色的海面，有时加速前进，有时则在某一港口停留许久。一种眼睛大大肚腹细长的海鸟嗡嗡地拍动着翅膀，直升机一样长久地确定桅杆顶端的落脚点，并在某一瞬间以一位含情脉脉的少女貌似无意实则有心地、用一根细小的手指轻触恋人的手背那样——吸附式地轻吻一下那个落脚点，然后并未立即离开，而是任由这一吻继续下去，胶着下去，以便在那里划出地盘，筑起小窝。现在，它收起翅膀，凝视着天空落下的一片花粉雨。那些好比雨点的万千花粉颗粒不久前还都附着在它的羽翅，它们来自陆地某座无以辨认的山丘、一片未被命名的花丛。仿佛是由一种貌似花粉的火药制作的子弹、由一部名为花丛的远程发射器发射而来的使者兼探险家，这只无名的海陆两栖飞禽快速地拍动着翅膀，向海面卸载一身数以亿计的花粉颗粒，以便完成将花粉向大海传播的崭新使命，让花的浪头可以冲击到海底的山丘。

2

"路很好。"车经过水泥厂门口时，她说，"门口还站着个保安，像部队门口一样。可惜只是一边有，另一边空着。"

"可能厂里就那一个保安。"我说，"也可能有两个，轮流值班。"

"看着松垮垮的。"

车下坡的时候，我没看我这边的小树林，留心着前方路面，向左拐着急弯。

"我们去吃饭的是个什么地方？"她问。

"山上的一个小饭店。"我还想给她说这条新修的公路走到头左拐，穿过小村子再走一段路，在一个丁字路口就能看到右手边的进山公路口了，可我没说。

我问她是不是饿了，她说那倒不是。

车窗外，大片的麦子已经收割过，因为残留的麦茬，有些区域仍是未收割前的金色，有些区域显然经过焚烧，保留着一个个巨大的、好比人老珠黄的娼妓厚厚的脂粉意欲掩盖的麦茬灰在土地上风吹雨淋后的涂抹痕迹。

"我都忘了，怎么称呼你？"我特意看了下她的眼睛，问。

"嗯，"她条件反射般闭紧嘴巴，不然嘴巴像是会脱离她的意志自作主张地泄露名字似的。

就这样，那个已经到达口腔的为她名字专用的两个或三个汉字顿时被排挤到了鼻孔，可鼻孔发出的只是毫无表意的鼻音——尽量拖长的鼻音。就好像通过拖长鼻音是她一贯传达自己迟疑的方式似的，她用鼻音思考着：要不要把名字说出来。

"怎么都可以。"她如释重负地说。

"什么怎么都可以？"

"怎么称呼都行。"

"你不会是还没有名字吧？"像是在跟小孩子说话。

她却严肃地咬了下牙，略带沮丧地说："还没有。"

我一边开车一边等着她说服我她没有撒谎、不是跟我开玩笑。可她没有。

"不方便说就算了，"我说，"我就叫你'喂'吧。"

她点了下头。不过我没看见。

"我是不是也可以称呼您为'喂'？"她睁大眼睛问我，仿佛一个小姑娘向一块石头一棵树要一个答案，一个直接指向一颗糖果的答案。

"可以的。"

"嗯，好，'喂'先生。"显然，她已经剥开糖纸，把糖果捏到嘴边舔了一下。

"'喂'小姐。"我用目光也舔了一下。

我们都笑了。

3

就这样，出现了男喂和女喂。

男喂开着车，他几个月前新买的福特汽车，副驾驶前方的储物盒里装着不久前才拿到的驾照。女喂坐在副驾驶座位上，等待着到达那次行程的目的地，半山腰的一处农家饭店。

"前面就到那个村子了。"她说。

"嗯，准备左转。"

"直走上山的都是拉石头的大卡车吧。"

"是的，拐弯处有个加油站，你看到没？"

"看到了，有个女人坐在露天的小板凳上抱个小孩。"

"村里的私人加油站。"

"加油站前面有个糕点厂。"

"蛋糕厂。"

"你在那儿买过蛋糕吗？"

"没有。我没在农村生活过。"

路过蛋糕厂门口时，女喂念出了门口挂的牌子，"某某糕点厂"，接着又说加油站像是废弃了一样，也不打扫，"破败，太破败了"，她说。

如果她不把那个词重复两遍的话，男喂也不会留意到那个词。一开始它的意思很明确，可仔细一琢磨就模糊了，不确定了，就像看一个东西，初看时恰好保持合适的距离，于是看得真切确实，越靠近反而越不清晰了，仿佛变成了另一样东西，一样他之前没见过的东西。无论是那个词的表意还是发音，到后来男喂都觉得完全陌生了，滑溜溜的，抓不住它。

一转过弯，等两人反应过来时，也就是看清自己所在的汽车身在何处时，他们已经置身一条回车都困难的小巷了。路很不好，坑坑洼洼的，很多土。

路两边是挨家挨户的院门，很多都关着，却没上锁，不时能听到里面的声响。

女喂把窗户完全摇上去。

"前面十字路口围了一堆人。"女喂的声音。

"那儿估计是村子的中心。"

"现在都下午了。"

"现在都不热闹了，少了一多半，早上和中午人最多。要不要下去看看？"

"不了。"

"那就走吧。"

"村里的路不好,现在出了村子到了村外路却更差了。"她身体摇晃着说。

"再走一段就好了,前面有高速入口,那截路就是通高速的。"

"我看两边的庄稼地就像看一张纸似的。"她冷不防这么说。

"什么意思?"

"没什么意思。我只是说了下一时的感受。"

"你打了个比方。"

"算吧。"

"可是这个比方好像有问题。"

"不需要说清楚。"

"好吧。"

"过了高速入口了吧?"

"过了。"

"我竟没看见,路什么时候变好也不知道。"

"看到前面那个路口没,尽头那儿,右拐就进山了。"

"左拐去哪儿?"

我说了一个镇名。

4

汽车驶进入山口,就像突然驶上了一块巨大的跷跷板,所在的这头正好落在地上。不用多久,我们就会被另一头的一个叫时间的东西压到山顶的最高处,然后接着回落,落到山的那一边,跷跷板另一头的最低处。

不看后视镜都能想到,在我们的汽车一步步向这块笔直的跷跷板的高处攀爬时，背后的入口早已幻化成一座幼儿园大门的样子。似乎我们开着玩具汽车，身边这位幼儿园女生却仍不肯说出她的名字。也许她真的忘了，也许她不喜欢自己的名字，索性宁愿就没有名字。此刻，正是下午的活动时间，我们不久前都刚从午睡中醒来，洗过了脸，吃过了水果，现在我们坐在跷跷板的一头，遥远的另一头则坐着看不见也摸不着的时光老人。我真希望身边坐着的是另一个小女生，希望一开始她就在另一个幼儿园。

"好直的路啊！"女喂的声音，"几乎感觉不到上坡。"

"这条路完全是笔直地从山上下来的，"我说，"走的人少了，都走东边的高速公路了。"我给她指了一下。

"太远了，看不清楚。"

一些黑黑的小点。

虽说汽车一路向南往上走，可我一会儿觉得在往东，一会儿觉得在往南。

"也可能我们一直在往东南走。"她说。

"城市的方位是偏的，"我说，"我们出来的城市方向有偏移，南偏东了。"

路两边都是荒草。什么也没种，就那么荒着，很开阔的样子。

两边都望不到边。

风沙大，到处是石头。

四点半。我开着车，载着一个不认识的女人，去半山腰的一处农家饭店吃饭。我没想过停车，把车停下来，跟那女人好好聊聊。我似乎很信任她，或者说，她已经取得了我的信任，从一开始，用她的气息、相貌、谈吐，她的每一个动作。

有一瞬间，我感觉她就像一张薄薄的透明塑料薄膜，当我发现她的时候自己已经被严严实实地罩了起来。在那个薄膜空间，她预留了足够多的空气和足够多的水，我在其中可以任意行走，甚至可以开车四处游逛,却始终在她的管辖范围。之前世界有的这个空间里无不包括,我甚至怀疑它里面的森林湖泊高山大海根本就是外面那个世界的,就是原来的,而不是被她移植了进来,搬运了进来,复制了进来。世界还是原来的那一个世界,她只是把它整个罩住了,而不是在原来的之外又多出了一个,这个多出的和原先的是并列、平行的关系。

我想把车开慢点儿,我忽然想好好看看她。

"30公里的速度已经很慢了。"她说。

"我想再慢点。"

"再慢就和自行车一样了。好吧,那就再慢点吧。"

我问她热不热。她说还行。说时她没看我,低着头中断了一下一直在持续的微笑。这个细节让我有点儿发怵。她好像一直在对着什么人微笑,我看不见的、只有她能看见的什么人。

她在和那人交谈,用一种我听不到的腹语,破解不了的密语。

刚才对我的回答完全是敷衍,我的问话显然令她不快。

"在想什么?"我问她。

"没什么。"她低着头,陷在一种似乎是温暖、美好的过往中。

而那段过往,是我一无所知的世界,我意识里它是一片空白。

我不想说什么了,只是一次一次地看着她,一次比一次久。

汽车像是一辆马车那样仿佛被一匹马拉着,跟随着那匹马的步子的节奏,有些小坑和石块也不绕过,而是执意地颠簸过去,晃悠悠的,以至我的小腹都不由地生出一股惬意。

这惬意迅速在全身蔓延开来,一如植物根部飞快地将姗姗来迟的雨水强劲地输送到每一处枝叶,甚至每一片叶片的末梢,直至那末梢无法承受地、将那来自根部的雨水涌出,滴落。

有一会儿,我感觉我们的具备汽车外壳的马车在倒退着走,我们背对着马儿,坐在后面的两轮马车上看着天,谁也不说话。

甜瓜大小的云朵如同手伸入水中那样,穿过汽车车顶的铁皮,在我们头顶游荡，不时擦着我们的头发，被细密的发丝切割成丝丝缕缕的白色絮状物，飘落下来。

如果落在她那双白色运动鞋的白色区域，顿时就消失不见，落在鞋带占据的一块细长的红色布料那儿，它们就蚕食掉其中的一小块红色，让躲在红色下面的白色显露出来，类似舞台上的红裙舞女只是略微地抖了下肩膀，立即被藏于身后的白裙舞女替换了下来。对于那两位舞女置换身体的高妙技术，唯有幕后的魔术师心知肚明。

她穿着乳白色的薄棉袜，袜口是一圈树干的图案。这让我同时想到农家院墙的篱笆、某处浮桥下面深入水中的粗大木桩。一股混合了鸡粪和海鲜的气味顿时出现在我的鼻腔，我闭上眼睛，在黑暗中停留了片刻，一种奇妙的、既像在地面，又像是在水中的感觉充满了我的身体，或者说，那种感觉就是我的身体，它替换下了我的身体，我的身体在那一刻忽然消失了，一种异样的感受占据了身体的位置，它看不见摸不着，没有形迹，却又实实在在地存在着，交汇运动，持续作用，给我一种极其丰沛的感受。

几秒钟之后，一只由汽车引擎声幻化的大手将我拉了回来，好比舞台的幕布被拉开那样，我睁开眼睛，惊奇地发现在袜口的一处出现了一颗黑痣。

现在，这颗黑痣成了舞台的主角，虽然它的大小、占据的空间微不足道，可仿佛舞台所有角度的灯光全都同时投向它那样，它成为她灰色运动裤裤腿下方和未包进鞋子里的脚踝上方之间区域的焦点。

它就在那儿，乳白色袜口将遮未遮之处，颜色浅浅的，将显未显。好比一颗被俯视的小小的黑色头颅，这颗头颅所属的身体的活动范围在她的皮肤下面，也就是她的血肉和骨骼之间。此刻，它就像探出水面呼吸新鲜空气的鱼那样出现在她的皮肤上，一旦呼吸到足够的空气，肺部觉得舒畅无比，它就将潜入皮肤下面的世界，开始新一次的旅行。不久它还将抵达另一处的人体边境、出现在另一处的皮肤，可能是肩膀，也可能在手腕。

它又像一颗小小的黑色的太阳。它的光辉完全被一种叫日全食的天文现象夺走了。它成了一个只具装饰功能的、类似于窗花之类的剪影。人们看到它就像看到书籍封面上的某个图案、某位女子袖口的花朵那样，也仅仅是看见，都无法成为一个话题聊几句，就忽略掉了。似乎它也明了自己此刻的处境，尽量让自己不那么明显，它像与树干颜色相似的某种爬虫常做的那样，让自己的肚腹尽量贴紧她皮肤的天空，并保持纹丝不动。仿佛保持那样的姿势时间越久，它的身影就会越淡，久到一定时刻它就可以完全消失。

"一个黑色的什么东西。一个小黑点儿。"

"你在说什么？"一个遥远的女声。

"嗯？我说什么了？"

"咕哝什么！"

那颗痣又像一粒霉斑，出现在一具已在腐坏的躯体上。第一粒，第一次出现，仿佛黑豆破土而出的嫩芽的芽尖，还顶着黑色的豆皮。没人把它摘掉，也无法借助风的力量把它吹落让它下面的绿色显露出来，因为它还没有一株植物该有的茎，还无法摇晃。它能做的，就是等待，一段时间的曝晒和突如其来的一场暴雨。

曝晒可以排干黑色豆皮内的水分，让豆皮变薄、收缩，缩到嫩芽再也无法支撑，就会自动滑落。

暴雨的手法将更直接，也更男性化，它将派出不同方向、不同角度、携带着不同力的雨点，对这顶嫩芽的黑色礼帽狂轰滥炸。倒没有多重大的目的，它只要掉落下来就好，就像皮肤大地上的一小片污垢，虽说于事无补，也必须清除掉。

它捎来的是死神的亲笔信。它高举着那封信向万物宣告又俘获了一具身体，它甚至过分地将那封黑色信件做成一面小旗子让它在微风中招展，如同三角形的黑衣巫师召唤其他的霉斑出现，召唤一张由霉斑织成的罩袍那样，直至把那具躯体整个罩住。

现在，第一顶黑色礼帽被清除了，危险暂时解除，皮肤大地又回到了霉斑出现前的样子，似乎接下来要做的只是耐心等待第二顶黑色礼帽破土而出，可真实情况并不是这样。这粒霉斑并未得到根本的清除，或者说阳光、暴雨只清除了一大半，还有一少半仍驻守在原地，只不过此刻它们看起来不那么突兀、明显了，它们收敛了自己的身形，尽可能不被发现。

"我的脚怎么了？"遥远女声又来了。

"嗯？"

"干吗一直盯着我的脚看？"

"开车太枯燥了。"

"专心开车吧。"

她问我还要多久到。我说再一会儿。我问她是不是觉得有点无聊了，她说倒不是。我说这条路就是这样，从这头走到那头往往见不到一个人一辆车，就像……

我正要说"就像"后面的比喻时，她"嗯"地冲我立起一只手掌，要我打住，然后"就像在月球上。"

她接上我说了一半的话——我没说出的那个比喻。

"就像在月球上。"她立起一只手掌，右掌，如同武侠电影里的女侠，打出一掌，或是回绝对面的演员说出的一段台词。

在那段台词里，编剧引出了一件与这位女侠价值观完全不符的事。这位女侠无法同意那段台词的内容，无法同意对手戏演员提出的那件事，她坚定地做了个手势，"就像在月球上。"这位女侠说。她打了一个比方。把对手戏演员提到的那件事不可能发生的程度，或她不可能参与的不可能的程度，比喻为就像在月球上。

也就是说，要让对手戏演员提出的、编剧在剧本中添加的那件事发生，也不是不可以，但前提是必须在月球上，在月球上发生。

等于是说，除非导演把拍摄场地从地球转移到月球，否则，接下来的戏休想再继续拍下去。

这位女侠用打出一掌的方式来表达自己反对意见的同时，也展示了自己的武功。因为对手戏演员分明感受到了她那一掌带出的那种被称之为掌气或掌风的、虽说无形却能感受到的东西，就像那东西有可能接下来带来的疼痛一样。

这只立掌还是透明的，或者说几乎透明。我清楚地看到从太阳到达地球的光由那只手掌的背后着手，我完全无法察觉到那束光的速度，它就已经穿过女喂的掌心、指缝照向我，仿佛太阳为自己找到一幅面具，并立即戴上了，现在除了这幅粉红、鲜嫩的面具外，我什么也看不见。

同样，我也看不见女喂的脸。这幅太阳面具同时也将她的脸挡住，正好在她的脸正中的部位。

有一刻，我忽然觉得那不是她的手，而是她举起的一只买自玩具店的仿真手掌，她自己的手则鬼鬼祟祟地藏在下面或背后，它掌控与这只仿真手掌一体的仿真手臂，要么干脆她就是把这只仿真手臂和仿真手掌戴在一侧的肩头，在我不知道的某个时刻，她早已失去了她真正的一侧臂膀。可是这只仿真手掌真是仿得太真实了，它背后那只负责将其照亮的太阳面孔让手掌的血管、掌纹纤毫毕现，甚至都能看到血管里血液的汩汩流动。

"我做了个噩梦。"她冷不防地说。

我没看见她睡觉。她一直就在我身边坐着。

"不是，是刚才那会儿，不是现在，你刚才专心开车那会儿。"她说的显然是我还没开始对她有意凝视之前。

"是有一会儿，你很长时间没说话，"我说，"以为你想心事呢。"

"我迷糊了一会儿。"

5

"里面好像没人。"她说。

我看了眼汽车右前方的山民小屋，门关着。

木门。没有门帘的、木材裸露在外的、比普通门小一号的木门。

看得出，在搭上去之前，也就是那间小屋刚投入使用时，仅用劣质油漆草草地薄薄地刷了一遍，现在早已剥落，能看到的几处，也就是能从中推断出那扇门之前刷过油漆的地方，只是门上几处细长的裂缝，其中居住着通常被科幻电影里称之为地球之子、抵抗军之类的少数族裔，他们的使命就是躲在类似的山谷对抗外星侵略者，他们被已经几乎统治整个地球的面目狰狞的或者根本没有面目的外星侵略者在筑起高高的人类城市围墙的城外四处追杀，从一条深谷到另一条深谷，从一处洞穴到另一处洞穴。浴血奋战的地球之子，未被征服的一小拨一小拨呈分散状存活的人类抵抗军，被从城市母体驱逐出来之后，他们就流浪在大地上的山谷和洞穴，此刻他们就寄居在这扇半山腰山民小屋的简陋门板的裂缝中，抵抗着暴晒雨淋和风沙的侵蚀，以及操控这些侵蚀的时光之眼的不动声色的凝视。

"肯定有人，"我说，"窗帘都拉开，人都坐着我们看不见。先停车。"

我把视线从窗户移回木门，又从木门移向它两边挂着的几串红辣椒和玉米。顺着最下面那颗玉米，视线像从梯子上跳下来那样落了地——已经被磨得没了四角的块块青砖铺就的地面，再顺着地面往汽车这儿收，连下两个不低的台阶，再走一段被夯实的泥土路面，最后，正视汽车挡风玻璃正前方。

正前方五十米远是一堵很单薄的墙，墙的左下角有个小门，从小门看进去，有条小路，汽车可以一直开进去，进去五米的样子后小路就右拐了，右边的情况现在看不到，现在从小门能看到里面的小路两边的杂树下堆砌着一些杂物，一些大大小小的废弃的生活用品，长杆的农具、水瓮、脸盆、大块的显然揉成过一团后来又自然散开的塑料布，再就是这些杂物上面的灰尘。

灰尘像条薄薄的毯子，盖着那些依然在杂物内部运转的万花筒式的生活场景，以便不被陌生人的目光打扰。

她说停在原地就可以，我说要开进去。她说开不进去。我说能，我记得之前开进去过。

她要下车，我不让她下，我说你坐着，别动，进去了你再下。她就乖乖地坐着。

我又说你帮我看着你那边，我看我这边。她说好的，冲窗外侧着头。

她带出的那种冷静，就像是我们的汽车正在往两根细细的钢丝上开。就好像，我们那时不是在半山腰的山民小院吃饭而是在一个工作的马戏团的排练场地排练，她也不是那个我一醒来就出现在汽车副驾驶座位上的那个我对其一无所知的女人，而是一个没有任何马戏表演经验的新学员，一个本该从零学起、从最基本的压腿这类的身体动作学起的小姑娘，可不知怎么就直接被安排参加这场汽车走钢丝表演。作为我的助手，她显然派不上什么用场，她能做的就是冷静，再冷静。"不要看我，看我让你看的那些地方。"我说，"不要胡思乱想。"而我呢，我也不再是那个暂时性失忆的家伙，那个开着车醒来的家伙，我是一位有着丰富上场经验的汽车走钢丝表演的主力，国家一级马戏团表演艺术家（至少人们是这么说的）。每一场表演我都能愉快地完成，都能恰如其分地为观众做出一个个有惊无险的动作。我和我的汽车，真正与我合作多年的老伙计，我们的配合总是那么——用观众和媒体报道的话说就是"不可思议"，以至于有时面对同事同样的称赞，我都分不清一次次的表演到底是我这位老伙计完成的还是我完成的。我把这个困惑有次透露给了一位从事心理学研究的朋友，他的反应和大家一样，他先是愣了一下，然后就释然了，仿佛识破了我像是在跟他开玩笑似的，搂着我的肩膀直接聊起了别的事。直到这位小姑娘，这位我入行以来不知从什么地方怎么就冒出的第一位助手坐在了副驾驶座位后，我的困惑第一次不见了。它不是解决了，也不是被清除了，而是在我不留意的时候一下子就不见了，消失了。一个新的成员加入进来，一具新的身体开始为汽车底盘施重。不过我确信钢丝可以承受，因为在那之前我就已经将自己最喜欢的一套音箱、一台电脑、近百本书塞进过汽车，对了，还有一个小方桌，那个硬杂木的80乘80厘米小方桌的重量也不能小瞧。只要条件允许，只要钢丝能承受，我不时按自己的意思给观众带来新的表演，比方说一边开车走钢丝一边操作电脑，放一首二十年前老掉牙的港台歌，或一段哲学家在大学教室、讲堂的现场录音，要么就是催眠能力极强的催眠曲或催眠师的录音。我喜欢一边表演一边看脚下的观众被催眠师催眠。很多次，表演结束后台下多数人都进入了梦乡。"就像是被我的表演催眠了似的。"我这样想。可是我还是分不清他们到底是被我的表演催眠的，还是被我播放的催眠师的录音催眠的。毫无疑问催眠师的声音极具蛊惑力，因为就连我，在高空的钢丝上以几乎看不见的速度驱车前行时都不时觉得睁不开眼睛。我完全凭以往的感觉在掌控方向盘，在踩油门。我一点也没心慌，就像在靠岸的浅水处划船那样，想起来了才划一下，其余时间都是望着天空发呆，望着远处的地平线回忆往事，或者干脆闭上眼睛沉浸在音乐的世界。所以我准备了那张小方桌。我准备不再播放催眠师的催眠录音，而是计划自己左手驾车、右手伏在小方桌上、低声吟诵一旦写就，就一直吟诵下去的、被我称之为"第二世界"的文字。我想用自己的方式让观众沉入梦乡。"第二世界"被我打印在一张很硬的A4纸上，它现在就平放在小方桌的小抽屉里，换了平时，我总是左手驾车右手顺手拉开小方桌的小抽屉，看也不看地从里面用指甲抠到它的一个角（通常是右下角），让那个角充分地、几乎是完整地插进我中指的指甲缝，然后凭借指甲的力量、辅之以大拇指指甲的协助，像古画上的仕女从衣柜里抽出一条丝巾那样轻快地、惬意地，几乎是以一个发亮的瞬间将它抽了出来，把它送上在那之前已有众大臣在小方桌上准备到位的王座般的阅读支架。宽敞、保持着最佳舒适度的斜度、像一个微型太阳那样源源不断地将不可一世的光芒发射出来的王位，在"第二世界"这位真正的世界君主落座之后，它的光芒又增加了一倍，那光芒之前所能抵达的空间又拓展了十倍甚至百倍。很长一段时间我都无法直视它的存在，我把早就腾出来的右手紧紧地捂在怀里，以防它克制不住接受到的那道诱惑之光不由自主地伸了出去被灼成炭灰。我必须等那位君主将自己身上的光芒略感抱歉似的稍加收敛，才会在钢丝上缓缓前行的汽车驾驶座上睁开眼睛，用眼角的余光试探一下小方桌上的状况，确定不会对人类的目光造成伤害，表演的下一个环节往往这时才探头探脑地在我脑海浮现出来。

可是现在，车里多出一个人，一个同类，一个涉世未深、毫无表演经验的女孩，她坐在副驾驶的位子上，就像坐在一个重重机关还未来得及启动的陷阱里，就像坐在一个下一秒就会接通电源的电椅上，此刻她眼中的陷阱和电椅还是一个新奇的、美妙的所在，她东看看西瞧瞧，无辜的眼神一会儿眨出披着兴奋斗篷的无知公主，一会儿眨出骑马越过她实际年龄边界的冷静王子。

这对儿恋人，公主和王子，斗篷公主和骑马王子，显然把女孩的身体当作了爱情的领地，他们在这块年轻的领地以两位野心勃勃的淘金者那样淘着对方的金色身影，那身影中封装有他们一出生就急需饮用的一种生命物质，一种流体解药，一种微型大海。时间以小时、天、月、年的身姿流逝，淘金者淘到的除了空气就是空气的另一种组织形式——叹息。公主在女孩身体的北部海湾向西眺望时，王子一定是在向东穿越身体南部的丛林。最远，王子曾纵马疾驰到女孩小脚趾的天涯，他在一处半月形的角质平原上勒住缰绳，翻身下马，久久地环顾四面八方后，终于决定上马离开。公主曾乘一叶小舟漂过北部的一片泪海，一直向北，最后抵达黑色发丝一样的原始森林，在小路的尽头，她被卷入一个风暴眼一样的漩涡，在风暴的中心，她见到了世界上的第一棵树，第一缕阳光，第一滴雨水和第一片雪花。她和她命中的王子仿佛两只金梭那样在我副驾驶座位上坐着的爱情领地来回穿梭，只是迟迟无法相遇。越是无法相遇就越是要寻找，越寻找就越肯定、越坚信、越坚定，越坚定就越是无法相遇。

"哪里不舒服吗？"看她不时地挠一下肩膀，或者扭一下腰，我抬了一下支在小方桌上的胳膊肘，问。

"没有，"她说着，整理了一下坐姿。不过看得出来，困扰并未根除。

"你有没有过这种感觉，"她扭过脸，先看了看我支在小方桌上的胳膊肘，确定它仍稳稳当当地支在小方桌上，保持着阅读"第二世界"的动作并未被中断，又看了眼我握着方向盘的左手，才转向我，问我有没有这种感觉，"就是明明前一天晚上洗了澡，甚至是当天早上刚洗过澡，身上还是感觉不清爽。"她停顿了一下，"很浑浊的感觉，不透气的感觉，是不是空气质量太差了？"我说除非太热，再不就是没睡好。"睡眠充足，"她急忙声明，"现在气温也不算高，再说我们还在高处。"她低头看了看钢丝下面的观众，"黑压压一片，像个存放黑豆的库房。"我准备开始小声吟诵"第二世界"的内容了，不再理会她，看她乖乖地坐着，于是对她说"你帮我看着你那边，我看我这边。"她说"好的"，冲窗外侧着头。车身在钢丝上缓缓向前。

她侧头的动作带出了一种冷静，那种冷静，那个侧头的瞬间，不知为什么，给我一种似曾相识的感觉。

6

还算顺利，进那个小门。刚才在门外看到的堆放的那些远远的杂物一下子到了眼前，到了车窗外。它们显得高大、凌厉、无序，像我们之前的某段记忆的附着物，它们不是我们有意记下的，而是无意中进入了我们的记忆，依附在我们认为重要的人和事物上，现在那些人和物都已经被我们遗忘，它们反而呈现了出来。那些不重要的记忆，那些不知怎么就记住了的记忆，不知怎么忽然又冒出来的毫无意义的记忆。我们是不是需要把它们清理掉？清理掉后它们的位置会不会空出来，被它们的下一代填充进去？它们是可清理的吗？精神垃圾是否对应着外在的物质垃圾？它们是垃圾吗？判断它们的垃圾身份依据怎样的一个标准？

"我看还是退出去吧。"女喂说。

"都进来了。"我说。

"我觉得前面没路了。"

"好像有个不大的场地，我记得。"

"这么窄的路。"

我趴在方向盘上，缓缓右转，突然冒出一个圆形的水池，里面有些横着竖着的钢管，显然是个废弃的小型喷泉。

"绕不过去。"她说。

我明白她的意思。我们的车无法绕喷泉一周再开出去。一直往前开，会被一棵树挡住，那棵树就长在开着小门的薄墙和喷泉的一处边缘中间。

高速旋转的喷泉齿轮似乎正在向那棵树逼近，发出嗡嗡的伐木锯的声音，即使这片巨型锯齿中间负责为其供给能源的微型水力发电站的水已经干枯，钢管已经生锈，但它们之前已经做足了工作，为喷泉伐木机储备了几乎用之不竭的电能，确保它可以几乎永久地运转下去。而那棵树呢，则像位噤若寒蝉无法挪动的少女，她像是一支来自高空的箭，因为过远的行程和过强的惯性力，她被牢牢地射进了地壳，与其说她迈不动步子，还不如说她连脚的概念都没有了，她要做的只是不断地吸饮地下水，将地下水输入到身体的每一处，一直到发梢的每一片叶子。她的问题始终是干渴的问题。甘甜的地下水就像呼吸一样支撑着她一块块细胞般的砖石砌就的参天大厦。它夜以继日的生长只为高一点再高一点，以便重返高空的某处，它被射出的地方，一个出生地、故乡、母体一样的所在。这使得它对紧贴地面的喷泉伐木锯的嗡嗡声听而不闻，她只是大风天会稍稍留意不让凸起的圆润的脚踝骨碰到它。再就是，每年的深秋，赶在冬天来临之前，她都会表演性质地为喷泉伐木锯下一场水果冰雹。水果冰雹会将喷泉伐木锯变成一架超负荷运转的大型搅拌机，一个被谷物掩埋起来的电动石磨。她就这样庆祝着她的胜利，倾泻着来自云霄的年终总结。

"放这儿肯定不行。"我说。

她默认我的看法。

我忽然想起还没有倒过车。

"怎么了？"她问我，见我迟迟没有挂倒挡，而是像个要买车的顾客第一次坐进车里那样，看看这儿瞅瞅那儿，感受新车设计的同时还试图捎带发现几处与自己审美相悖的细节，那些在常人看来完全可以忽略的细节却左右着那位顾客的最后决策，买还是不买，买回去能不能接受那一点点不足。

她不由地也追随着我在车内各个部位游移的目光，就好像在协助我搜捕一只有致命危险的小飞虫。它有可能趴在任何地方，视线所及的车内饰表面，视线无法进入的车座下方，合起的、似乎任何时候都处于阴影中的抽屉盖的边缘，后排靠背的背后，任何地方，任何人的意识能触及的地方。

"还是辆新车。"她说。仿佛说出了一个显而易见的真理。就好比她吃了一勺糖,并没有说"糖很甜",而是说"糖是甜的"。

我闭上眼睛,挠着头发,同时活动了活动脖子。一个女人,在一辆新车里坐了很久,从一处出发,顺利到达目的地后竟毫无征兆地有了新发现。她惊讶于这个根本不需要发现的发现。她用一种全新的眼光再次扫视着车里的一切,眼睛里包含着探索的热情。"这么新,"她对自己说,"而我之前却没发现。"

7

倒车。磕磕绊绊的,试探性地。像做一道习题,之前的加法突然变成了乘法。身体进入了另一个维度。中学时的单恋换成了大学的如胶似漆。进入了另一套系统。电视剧看到一半就睡着的孩子被一时兴起要去看电影的父母抱进了电影院,又或者是,某位所谓的艺术家趁电影播放故障的空档摸着黑将银幕换成了一台十四英寸的黑白电视机。减法变成了除法,除法又变成了开平方。

根本不可能倒出去。进了小门后,我们走过的是一个被折断勺柄的勺子的路线,走的是一个因为时空扭曲已经看不出是北斗七星的北斗七星路线,确切地说就是,进了面北的小门径直向南五米,右拐,一拐过弯就立即开始画圆——那个著名的喷泉伐木机锯齿的圆,在这个圆就快画完的时候,决定伐木机存在的那棵树出现了,挡住了前方的路,把一个圆形通道变成了死胡同。树干像是一根粗大的铁柱,试图将伐木机的锯齿一个个打掉,把它变成一个毫无攻击力的自足自治的圆盘,以便秋天盛放果子与落叶。

我想在原地掉头,再开出去。在原地掉头也不是不可能。她没问我需不需要她下去帮我看着,她什么也没说,只是看着,看看车,又看看车外。

她没看我。一次也没有。

我感觉她忽然变成了一个包裹，这个包裹会看会听却不会说话，也不能动弹，只是无声地静止地保有着它的无辜，静候着它的命运，它延宕的绽开。

树叶在头顶的高处发出哗哗的水流的声响，地面上堆积着新的落叶和已经腐坏的之前的落叶，像是未卷之前的某种摊开的卷饼，生菜下面还铺了层海苔，海苔上面还淋了层酱汁。我们脆皮的卡通小汽车行驶在这样一层厨师还未来得及卷起的卷饼的内部，行驶在那位厨师位于厨房核心位置的工作台上，高处的水龙头开着，发出树叶被风吹动的沙沙的声响，午后的阳光从窗玻璃斜照进来，却只照亮这位巨人厨师的一小块额头。我和我的脆皮卡通小汽车以及身边包裹样式的女喂，我们始终处在阴影宽大的、每根棉线都浸透着草木气息的袍子里，渴望像飞鸟那样从这件袍子的袖口、领口或任何一只扣眼儿挣脱出去，再从远处叼一小根燃烧的树枝回来，只需从高空轻轻一掷，就能将那件阴影之袍、那个巨型工作台连带那个巨人厨师本人付之一炬。

我来来回回地打着方向盘，每次都打到底，却要求车只在原地挪动很小的一段距离，像是苦修的人面对享受主义者朋友摆满一桌的大鱼大肉，他只是很谨慎地犹豫再三，夹着一小片一小片、剁碎的、作为辅菜的菜叶。对这位苦修者来说，每一小片菜叶的夹取都考虑再三，需跨过重重阻碍，排除掉肉块周边的那部分菜叶，再排除掉浸在肉汁儿里的第二部分菜叶，剩下的就只有沾在盘子四周的立壁上的、少数族裔的、仿佛为了躲避被人吃掉的命运正通过攀爬盘壁逃脱的菜叶，我们这位苦修者就像是有意敲了一下盘子似的，当他的筷子的末端碰到那片再薄不过的菜叶时，盘子发出了一记清脆的声响。就好像他的本意不是去夹那片菜叶而是要听那个响声。直接没遮没拦地敲击盘子会令朋友困惑，为了避免不必要的麻烦，他就做出去夹那片菜叶的样子掩人耳目。听到筷子与食物（他眼中那片可怜的菜叶）碰撞，或者说筷子夹取食物的声音，也会有饱腹感吗？再就是，仅仅是使用筷子的动作本身就已经给这位苦修者部分的饱腹感了，夹菜叶的声音已然对他肠胃所起的作用可以忽略不计了。

"碰着喇叭了。"她说。

"是吗？我没听到。"

"快好了。"

"已经蹭了两次了。我技术不行。"

"还好吧，这么窄的地方。"

"我想着可以。"

"就快好了，再来。"

"嗯，我帮你看着后面。"她扭头看着后车窗。

我们坐在已经调好头的车里，正前方是个已经裂成两半的大锅。

"我们要不要休息一下再走？"她看着我起伏的肩膀、仍未平静下来的表情。我说不用。

虽说是走着弧线，却像直线一样。虽说是在平地上向前，却像在下坡。方向盘只需轻柔地与它互动，就好像捧着一团未经捆扎、随时都会被风吹倒的、高高的棉花。拐九十度弯的时候，也就是那只勺子的勺柄与勺体折断时，我怀里这团一人高的棉花大幅度地摇摆了一下，就在险些失控的时刻又被身体的非常规扭动救了回来，那情形就如同电影里被追杀的男主角发现路的尽头竟是悬崖立即刹住脚步，却不得不任凭奔跑的惯性将身体继续向前带，但好在脚底下及时刹住了，身体以脚掌为支点晃了几晃，总算站稳了。这团棉花此时就是这种情形。我抱着这团方向盘的棉花，把车稳稳地刹住，再慢慢倒了一点后，再次向前左拐，顺利地拐上了那条五米长的小路。那扇小门就在正前方，五米开外的尽头，它框住的小院仍空无一人。

向小门驶去时我先看了看一边后视镜里的身后的小路，它两边堆放的杂物，它的冷不防的拐弯处，以及一拐过弯、似乎已化身为巨型蜘蛛一样的存在的、躲藏着的喷泉，似乎那些废弃的锅碗瓢盆都来自那只巨型蜘蛛爬过去的厨房，它有心将它们摆放整齐，却因腿脚的先天因素没能如愿，它们只是被堆积成像是整齐的样子。似乎这条小路的出现也与它不无干系，它是小路的开辟者，又是唯一的使用者。我们只是无意间闯进了它的领地，它的客厅，险些被它捕获。

"真是个奇怪的空间，"我说，"在里面的时候还不觉得有什么，出来了才觉得，甚至都有点怪异。"

"见不到阳光的缘故吧，"她说，"树太大了，把什么都遮住了。"

"半山腰的农家饭建什么喷泉。"

"觉得洋气吧，学城里饭店的样子。来吃饭的也多是城里人。"

"你觉得洋气吗？"

"洋气这个词本身就很土。"

她笑了，开始哼一首我已经完全忘了的歌，军港的夜啊，静悄悄，海浪把战舰轻轻地摇，年轻的水兵……

8

出小门的时候出了点问题。小门好像变小了，缩了一圈，进的时候还算好进，出却不好出了，也可能和我的技术有关。左边车门擦到小门时，车头已经出去了，女喂在左前方的院子里左跳右跳地冲我喊，要我摇下窗玻璃，以便能听到她说话。她要我赶快下车。她既没提醒我踩下刹车，也没要我直接拔钥匙熄灭引擎，而是再踩点油门、等车门蹭着小门的石头门框一出去，就要我用最快的速度打开车门逃生。

"你一定要瞅准了，记住！要用最快的速度推开车门！"她急迫地在原地蹦跳，像是脚被石头砸了一下，又像是一个小孩手中第一次拎起的提线木偶，被小孩毫无规律地测试肢体动作的极限。

我立即采纳了她的建议。轻轻地踩下油门，一点一点加大力度，缓缓踩下去，车子挣脱石头小门的牵制开始移动后，我又往深踩了一些。我听到石头沉闷的摩擦金属的声音，一把很钝的石头宝剑借助主人的蛮力缓缓刺入金属人心脏的声音，沉闷的声音表层裹了一层刺耳的碎屑，仿佛某种油炸食品的口感。

我不知道当时出了什么状况，但我相信女喂知道。

我相信她看到了我没看到的重大险情，她鬼上身一样的形体动作和口腔发出的导致空气剧烈震荡的、没有内容的声音，已经说明了一切，我意识到了情况的严重性、致命性、迫切性，我被迫跳过追问原因的环节，放弃任何思考，一味地配合着她，试图以最快的速度逃离现场。就好比一些怪兽电影临近结尾常看到的那样——男主角在与巨怪搏斗到被巨怪占上风并且毫无反败为胜的希望时，巨怪身后昏死多时的美女忽然醒了，她吃力地用手探到不远处的一把利刃瞬间就把它刺进了巨怪的后心，巨怪受到重创一扭身，男主角这才按导演、编剧的意图刺出整部影片最精准有力、身形对女性观众来说最具征服力的一剑。接着，背景音乐变得轻快、优美，男女主角互相看着对方的眼睛，跨过坍塌在他们中间的、远处巨怪的身影走到一起，开始热吻，字幕也随之升起。通常这时大部分观众都以为结束了，开始起身准备离场，却不料摄影师的镜头又缓缓穿过两人的脸颊向远处的巨怪移去，直到牢牢锁定巨怪合上的眼皮。3，2，1，眼皮内部的眼睛开始有转动的迹象，几乎是同时，这双眼睛再次睁开，它所在的巨型头颅几乎是惬意地微微摇晃了一下之后，身躯的其他部位似乎也通过这一摇晃激活了，怪兽站了起来，以之前数倍的凶残再次向男女主角扑去，而此时的两位幸福的人类则正手牵着手、面带微笑地向观众走来，丝毫察觉不到背后逼近的灭顶之灾——真正的危险是你不知道的危险。

我相信女喂看到了从我身后向我逼近的危险，我看不到、直觉也没直觉到的危险。我从没见过一个端庄娴雅的女子瞬间变成她此刻浑身通了电一样张牙舞爪的雌性动物的情形。她似乎急于离开地面，却因该死的地心引力的牵制，只能心急火燎地暂时让两脚替换着、尽可能地远离地面。

门框最凸出的那块石头仿佛掉进一盆黏稠的酸奶那样由后车门门把手的位置深深陷入后车门时，推了很多次的前门开了，我溜滑梯那样从车里跳了出来。

女喂几乎是一把抱住了我。她没有再和我保持该有的距离。对她来说我似乎是一件失而复得的东西，又好像是只有通过拥抱这样的方式她才能确认我的身体是否完好，没有任何部位的残损。这样的确认和医生、科学家的确认过程不同，它直接否定了依次确认，直接跳过了确认所需的时间，一下子就得到结果。

你没有熄火，没有挂驻车挡，没有拉手刹。你什么都没有做。你做的只是解开安全带，跳了出来！你的脚，虽说现在不再踩着油门了，可它也没在踩着刹车啊。等于是说，现在汽车还在前进，不是吗？它应该还会前进，如果档位在前进挡而不前进的话，就不对了。车门还开着，一边车门未关的警报声一直在响，我想你也听见了。没人关的话它会一直响下去，走到哪儿响到哪儿。提醒着人们这是辆有问题的车，都离它远点儿。

接着，女喂松开了我。她松开我并不是因为她抱得累了，也不是察觉到了我开始有挣脱的意思，而是因为她的眼睛直了。她看到我们的车像从深陷的沼泽拔腿而出的人那样卖力地出了小门，沿着山民小院下坡的坡度、自顾自地向北而去。

她把它指给我看，就好像把驾驶座上坐着的一位隐形人指给我看一样。那位隐形人似乎生活在另一个维度的时空，他根本无视我们的存在，只是由着性子好玩似的半天才碰一下方向盘，以便不被那只圆环伤到。他也没有明确的目的地，他永远活在目光所及的每一个瞬间，他要做的就是心安理得地坐在那辆车上从容地穿越每一个瞬间。他既没有私人财物的概念，也不知道法律、惩罚之类的术语，他只在意会不会被胸前的那只圆环伤到。毕竟，随着路面状况的改变，那只圆环不时地会出现小范围的转动，似乎它里面囚禁着一缕稍微攒上一点儿力气就马上开始挣脱的魂魄。

几乎是在她指给我的同时我就开始追了，几乎就在她刚抬起手指的瞬间我就离开了所站的地方。她那根手指里蕴含的那枝还没端平就已经打响的、奥运会百米田径赛起跑的枪声，不像是从外面钻进我的耳朵反而像是由另一把我耳朵内部的枪同时发出的。

起跑的枪声以最短的距离或者说零距离到达我的意识，我反应过来时发现自己已经在跑了，她则跑在身后的不远处。

汽车顺着下坡驶出院子，貌似慢悠悠地以两公里每小时的速度前进，也就是一个人快走的速度，我们却怎么也追不上。有一瞬间我发现我们奔跑的速度越快，我们行进的速度就越慢。

我回头冲女喂喊，我说我们跑得越快就越追不上。她根本听不懂，冲我回喊说你说什么，我的声音软下来，"要不要跑慢点试试。"我说。"你疯啦！"超过放慢速度的我身边时，她狠狠地瞪了我一眼，我赶忙加快速度。就是说我放慢速度后身体的行进并没有加快，就如所有人认为的那样，真的慢了下来。"追不上了！"我说。"能！"她跑得比之前更快了。

可我明明在后面看到，无论她跑得比之前有多快，她和汽车之间的距离并没有因此而缩短。汽车仍自顾自地、不急不慢地沿着缓坡下滑，实则在随着坡度的增加已悄悄在加速了。

不过它经过加速之后，也并没增大它和疯跑的女喂之间的距离。看来这个规律同样适用于它。

我再也看不到车里的隐形人了，他似乎已经离开了，在某个我们根本没有经历的时刻。

他离开的时候甚至不用打开车门,因为左边的车门就一直那么打开着,没有被关上。好比一位哺乳期的少妇没扣扣子就跑到了大街上,显得冒失、难以理解。

也可能是,那位隐形人受够了胸前圆环的矜持,它迟迟不对他进行攻击,只是自得其乐地随着颠簸路面小幅度地摆动,之前挑起隐形人兴趣的危险性已经荡然无存。

也可能是,隐形人不大习惯适合我的座椅姿势,又或者他过于高大消瘦了,总是碰到车顶。

总之他是无所事事、索然无味地离开了。不过即便少了他可以说是不加任何接触的驾驶,汽车碰到大一点的坑仍会醉汉一样地、有惊无险地绕过,或者它根本就是以一名演技高超的汽车演员那样的表演,貌似不可能绕过、待所有观众都以为绕不过那个坑时,它又奇迹般地绕了过去。它掩人耳目的手法把观众都蒙在了鼓里,却又用最终结果赢得了阵阵喝彩。它的表演具备一种魔术的性质,它自己则被视为浑身散发魔术师气质的汽车——演艺界的魔术师。

这使我不由地想到,刚才那位隐形人会不会也是它变出来的,也是它的作品,他的出场退场都被它一手掌握,他的每个动作每个眼神都来自它对人类的精湛模仿。

汽车开着左边的车门,下到半坡途中的一个丁字路口,跑在前面的女喂离它还有一段距离时,我看出它战战兢兢地有准备拐弯的意思。

它显然放慢了速度,像急于过河的人一口气跑到河边后又不得不停下脚步审慎地目测一下水深那样,越接近丁字路口它速度放得越慢,慢到以至于有一刻我都以为它已经完完全全停住了。

它要往左拐,想远离右侧不远处一条呈弧线擦过的高速公路。

女喂似乎加快了奔跑的速度,是的,她和汽车之间的距离是在缩短,但缩短的程度完全不在情理之中,我甚至都觉得女喂完全是在白费功夫。

我边跑边往后看,看后面有没有车过来搭车去追。我已经彻底放弃了徒步去追的打算。

可小院依然静悄悄的,保不准就是一开始女喂说的那样,里面根本没人,不过是座空院子。

我一直在冲女喂喊,她似乎听不见身后的喊叫,只是一味地追着,也不回头要我加速。她似乎是已经把我忘了。

汽车终于磕磕绊绊地拐到左边的一条土路上。

它很狡猾地避开了我们来时一直直行的路,试图用一条我们不熟悉的路来迷惑我们。

此刻,它的身影,让我不由地想到一个背负盗窃物的窃贼,急于逃离已经有所察觉的主人的视线,而所窃物的重量恰恰拖慢了他的速度,他一面急躁一面庆幸。

他庆幸的似乎是,沉重的所窃物越是拖慢他的速度,说明这趟收获就越是丰盛。它一会儿急躁地加大引擎,一会儿又乐不可支地浑身抖动着,活动筋骨般地暗自庆祝着今天的不虚此行。这使我不由地想到一只将邻居用于过冬的食物饱食一空的笨重甲虫,这只红色外壳的甲虫此刻正大摇大摆地走在回家的路上,几乎为零的智力让它撑到极限的肚皮看起来就像一个自足的星球。

在那颗毛茸茸的星球上,河流湖泊供应着高山丘陵的降雨,降雨浇灌森林花草之后又再次返回河流大海,与此同时,花草树木又会将吸收的水分转化为氧气返还给头顶的云朵,就连自己腐烂的身躯也将化身泥土再次被冲入大海。

在那颗与世隔绝的星球上,每棵植物每只动物都继续着自己难能可贵的一生一世,而雨水、云朵、大海则开动着自己庞大的可循环再利用机器,不时发出电闪雷鸣或汹涌澎湃的轰鸣。它一刻不停地运动着,不是自转也不是公转,而是被嵌在一只笨重甲虫的躯壳里,被甲虫拖着到处走。

此刻,这只甲虫正一次次加足它前进的马力,试图以最短的时间摆脱身后追来的两位邻居。

"停下!哎——,停下!"跟着左拐的女喂还在远远地冲它喊。

她不停地冲它挥着手,像是它掉了什么重要的东西,或者那个重要东西根本就是应该出现在副驾驶座位的女喂自己。

9

女喂的身影越来越小,几乎已经是离开地面一段距离、悬浮在空气中了,像一只飞远了的蝴蝶。

这只蝴蝶在追逐的那朵会飞的、大过她很多倍的、能自主发出轰隆声的红花,仿佛拒绝体内的花粉被传播似的,仿佛蝴蝶的翅膀带动毛茸茸的细腿钻入它的花蕊会令它奇痒难耐、令它作呕似的,它顽固地保护着被它视为自己生命结晶的花粉,一如亡国君主逃亡途中怀抱着只用一块绸布草草包裹的凝入玉玺中的江山。

此刻,这朵红花在我前方两公里的一个拐弯处再次向右拐,而它身后穷追不放的女喂蝴蝶也随即拐了过去。

从我此刻站立的地方看去,蝴蝶几乎就要碰到红花了,它们几乎是同时拐的那个弯,可结果还是没碰到。

不仅如此,它们之间还隔着相当长的一段距离。或者确切地说,那段间隔仍是一开始就保持的那段间隔,就是说,经过这么长时间的追赶,女喂既没有更接近汽车一步,汽车也没能甩掉女喂。

我已经不再冲着女喂喊了。距离太远,她已经彻底听不见。

我看着她和她前面的汽车像是和解似的双双隐没在远处土路两边已经完全闭合起来的杂草丛中——彻底不见了。

我也不再追赶。

我停下来，站在刚刚左拐后的地方。面向南方，也就是我们之前一路开车上去后来又一路追车下来的方向，这儿能看见山民小院。

　　现在半山腰的小院看上去就像青山所在的这幅巨型山水画上的一小块污渍，轻轻一抹就能把它擦掉。而在这幅古典山水画的下面，靠左一些的位置，是条抛物线似的高速公路，它上面一刻不停地车流让我想到肉眼无法看到的原子的运行。

　　我在原地站住后一边大口地喘着气一边用双臂向高速公路的方向挥舞，期待有车能直接从高速公路开下来，载着我去继续追女喂和汽车。

　　我放弃了身边这条从山民小院下来的路，不会再有车从上面下来了，如果有的话，也只会是和我们一样去小院吃饭的车。可显然，情况似乎真的就如女喂之前所说的，那个山民小院空无一人。

　　我现在寄希望于高速公路上的那些车。它们距离我有五六公里的样子。所有的车都仿佛行驶在一个以山为中心轴支起的磨盘上，大自然不断地将空气、光线、花粉、岩石的味道统统倾泻在里面加以研磨，以便将一段黏稠的金色光阴流淌进每一个高速移动中的大脑，以便那些大脑在某些失魂落魄的时刻自动浮现。

　　一开始没有人看到我。我挥舞的手臂从高速公路的方向看几乎等同于两片长得较高的植物叶片，那两个叶片在风中不断地交叉分离，它们既无法交叉得更紧密也无法分离得更开，它们只在自身能做到的限度内不断重复着，仿佛在做着一种无关痛痒的健身运动。

　　不过有一刻还是有一个人看到了。那人把手伸出原本就打开的车窗，把"好像是个人"指给旁边的司机看。司机扫了我这个方向一眼，不以为然。

　　接着，后面车上的人却顺着前车伸出的手指看到了我，他们似乎断定"那是一个人"，他们彼此用语言确认了一下后，却哈哈大笑起来，突然就很开心的样子。

就这样，几乎每辆车在驶过距我最近的高速公路的弧形切边时，都会看到我挥舞的两臂了，有人甚至还专注地辨认出了我衣服的颜色，和同伴交流着那种颜色与它所处的环境的匹配关系。但这样的画面在我看来也就是短短的两三秒，之后那辆车就沿着弧线拐走了，它的（对我的）最佳识别位置于是被另一辆车替代。

这次我意外地看到一个花枝招展的年轻女子，她坐在副驾驶的位置上，和其他人一样，她的视线经过一番紧张的搜索终于辨认出焦急的我之后，立即给了我一个始料不及的飞吻。

她的面部因为车速、因为兴奋极度地扭曲着，像是无比惬意地被巨大的磨盘重点研磨到了似的，她的脸几乎就要以一种液体的形式淌在玻璃窗上了。

她消失的时候一头长发夸张地、因为急速转弯整个儿地被甩出了车窗外，仿佛司机飞快地扔出车外的盛有晕车呕吐物的黑色塑料袋。

长时间的挥舞使得我的双臂失去了知觉，它们变得和腿一样了，可还在挥舞，似乎不中断地一直挥下去，它们就会越来越长，越容易被发现。

没有一辆车从高速公路上开下来。也就是说，没有一辆车从最近的一个高速出口出来再开一段土路向我开来。

所有的车都像上了发条的儿童玩具，沿着指定的路线出现，消失，出现又消失。它们一辆辆从山后面冒出来，在我面前画个半圆，然后无一例外地消失在另一边的山背后。

有一刻我甚至想到这些源源不断冒出的车辆根本就是同一些车辆，而它们所行驶的这段高速公路根本就不通往任何地方，而仅仅是皮带一样闭合地斜系在山腰上。

它们存在的目的就是车上的人对视力的一种练习，练习如何在几秒钟之内识别出五六公里开外的、一双几乎与杂草无异的人类手臂。

有一刻我甚至把它们源源不断冒出来的地方——那个半山腰的皮

带靠上的一头,看成了一个泉眼一样的存在,五颜六色的汽车的泉水绵绵不绝地从它里面涌出,在我面前流一个半圆,又在皮带靠下的那一头消失不见,如同一个人造的水流装置,这个装置所在的实验室容纳了一座绵延近两百公里的山,四万公顷的荒地,无数条天然溪流,以及一个中等大小的湖泊。

　　与它看不见的那堵墙一墙之隔的,是我们之前居住的城市,市区高楼的生长速度参照着人造水流装置所在的山峰的高度逐年增长,钢筋水泥的意志虚妄地比拼着上亿年的山石的意志。

　　我只觉得两腿发软,却无法蹲下,更无法坐下。我只能站着,机械地挥动着完全褪为灰白色的、失去任何辨识能力的彩带般的手臂,可就在我感觉自己几乎就要和一株身边的杂草,远方的一棵树,对面山上的一小块山色没有分别时,就在我几近崩溃的又扫了一眼女喂追着汽车消失的方向,我无比绝望地最后一次看了眼万花筒一样转个不停地高速公路,一阵似乎是剧烈的摇晃带来的眩晕中,我用最后一丝力气试图把控住身体不至于倒下时,我忽然看到了那幅奇异的景象:

　　一匹马从涌出汽车的泉眼那儿冲了出来。

　　它几乎是唾弃泉眼里的那个世界那样刻不容缓地冲了出来,它几乎像是卡在泉眼的喉咙里卡得泉眼险些窒息时、被泉眼冒着干涸的危险、蓄势已久才发动的一记猛咳,咳出来一样,它几乎就像是从泉眼里疾速脱出来的另一个泉眼。

　　我看到它时它已经矫健地在车流中奔驰了,我感觉它已经有意放缓了速度,但它的身体仍在从容地超越一辆辆汽车。

　　它没有踩踏它们,即便它们只高到它的腹部。它只是自顾自地往前跑着,悠闲地活动着筋骨。

　　耳朵高高竖起,白色的皮毛像鱼鳞那样反射着光,这使它看上去像是披了一件以细碎光影作饰品的绸缎。

　　风的存在没有对它构成任何阻力,反而献媚似的亲吻着它坚实的身体轮廓,谦卑地抚触着它似乎是瞬间就长成的每一根毛发,仿佛只要一亲吻到它的身体轮廓、一抚触到它的任何一根毛发,那些风就会变成风族中的精灵,那样它们就能去更远的地方游荡,穿越之前无法穿越的屏障,并被允许将这种能力代代相传。

那匹马就那么矫健地、从容地在高速公路上跑着,用另一种不同于我们的速度概念的速度跑着,一开始我看到的只是一个白色的点,我分辨了好久,才确定了它的马的形态。

它的出现显然引起了一阵骚动,高速公路上的那些汽车还未来得及减速将它细细打量,它就已经轻轻一跃跃出了高速公路护栏,径直向我右侧的方向奔来。

它一会儿淹没在地势较低的草丛里,一会儿又从地势较高的草丛里冒出头来,有一刻我觉得它的身体变小了,它的全部形体却没有丝毫减少,它们被压缩进一个更小的蚱蜢一样的身体里,它在草丛中的每一次消失和下一次出现,都可被视为那只新生的蚱蜢的轻轻一跃。

一只结合了马的力量和蚱蜢的身体的极度擅长跳跃的生物。

我同时也意识到之前错误地确认了它的体型。实际上,它并没有我一开始看到的那样高大,它就是一匹普通的马的身高,这一点,在它跳离高速公路的护栏进来我面前的那片荒野之后尤其明显。即便现在对我来说它仍是一个不断浮现消失的白色斑点。

我希望那个白点能快些,再快些,跑到我面前载我去追女喂和汽车。可它后来不知出于什么原因放缓了速度,由慢跑改为了快走。

高速公路上的车辆几乎在它跃出护栏后就立即恢复了秩序,每辆车都回到之前的速度。实验室里的实验仪器依然完好,实验过程只是受到了轻微干扰,却还没有到被中断的程度。

一切忽然安静下来了。

我开始能听到自己粗重的喘息声,感觉到身体的酸痛。

头顶有飞鸟掠过,浓重的荒草的味道一阵阵灌进我的鼻孔。

一匹马缓缓取代那个白色斑点向我慢悠悠地走来。

我冲它挥手,它不做回应,只是左看右看沿路的景色。

它上面还坐着个人。

那人既像是披着厚厚的大衣,又像是奇怪地把全年的衣服都同时穿在了身上,看上去臃肿、邋遢。

估摸是附近哪个村子里的人,而那个村子就在我右后方,也就是女喂和汽车消失的方向。

估摸是个流动商贩,通常这类商贩都会把自己的身体和身体所在的交通工具当成货架,在集市上一动不动地向顾客展示沾染体温的、层层叠叠、大小不一的货物。在这类流动商贩身上,除了他们那双眼睛之外,其余的部位全部为商品覆盖:头上的帽子,帽子后面露出的已经在发辫上(是的,他们通常留着长发)发挥效用的皮筋,以及象征性地绑在发梢的头花,衣领上夹的一圈色彩缤纷的、似乎在为脖子和脖子之上的头颅行刑的塑料晾衣夹,肩膀上搭着的束成一小捆一小捆的随风招展的丝巾,以及丝巾中间被他们缝在左右肩膀上的两块小木块上插着的棒棒糖,上衣扣子上一串串相互碰撞发出清脆响声的、供满月的婴儿玩耍的铜铃铛,胳膊肘上、衣袖上、衣襟上用夹子固定住的供妇女选购的梳子、手持化妆镜、手包、丝袜、小喇叭等等,不一而足。顾客就在面对这样一幅令她眼花缭乱的画面前、活体人像前、人体货架前,用眼光从左到右从上到下地细细打量每一件小玩意儿,想象着带回家后把它们摆放在适当位置的情形。

我以为骑马人就是这样的流动商贩,他们直接跃过了在货架上卸货上货的环节,他们本身就是货架,货物始终处于展示的状态,甚至在他们远离集市回到家里、在餐桌前坐下、在床上躺下时,节日期间走亲访友时,他们依然保持着那样一身营业状态的装束。

他们的人体货架商店从不打烊全年无休,彻夜营业,即便面前的顾客换成家人和朋友。

他们的那身装束就是他们的工作服,就是他们的比皮肤更真实的皮肤。他们甚至在打架的时候都只是有节制地摘下挂着标签的手套,露出已经变得白皙的拳头。

　　我以为骑马人就是这样的流动商贩,但随着他越来越近我不由地意识到事情有可能是另一种状况。

　　他似乎是一个山村鼓乐队的一员,他的装扮繁复、喜庆、张扬,这是和他相距一千米的样子时我的新发现。

　　我感觉他有点像吹唢呐的,他后脖子那儿分明插着两支交叉的唢呐,两支唢呐的喇叭同时朝天,被一块红布蒙着,这让他看上去像是个历经长途跋涉才出现在这块4万公顷的戏台上的武生。

　　我感觉他仿佛置身于梦中的戏台,戏台被无限地放大了,拉长也拉宽了,身后的布景上的青山开始挣脱一幅画的边界,增加了一个维度后瞬间就绵延了近两百公里,一路上踩的荒草仍留有白天戏台上红地毯的那种毛茸茸的脚感,绵厚,无声。

　　我看不见他的脸,他的脸被一块黑色的估且可称之为面纱的布料覆盖着,因为他始终扬着头,以至于有一刻我甚至产生了一种错觉,我以为他那块仿佛用树枝随便在上面戳了一些小窟窿的、因为年长日久已经彻底沦为黑色的白毛巾——面纱,是被他用头颅向后仰的力顶着的,未经任何线绳的固定,一阵稍微大点儿的风或马再稍稍跑得快些就会掉落下来。

　　不过这样一块粗劣的黑色面纱和他的山村鼓乐队唢呐手的身份并不冲突,他只是在奔赴婚庆现场的途中才把它顶起来,用来遮挡路上的风沙。

　　他的肩膀出奇地宽,我认为他是横着绑了一根与他身下的马的肚腹等宽的棍子在宽大的、姑且称之为披风的黑布里,他那样做的原因我不想妄加猜测,但确实给人一种有意装扮、参加某种仪式的感觉。

　　这既让他显得威武,同时也将拖慢他的动作,如果接下来还能看到他其他动作的话,除了此刻傀儡一样被架在马上的这个动作之外。

我没有留意他的鞋子,或者说根本就看不到他的鞋子,很可能他那件似乎是不知从哪个垃圾堆随手捡起的、之前显然是类似三轮车用以盖住后车斗货物的那么一块黑帆布——披风,过大过长了,不仅严严实实地覆盖住了他的下半身,把他的鞋子和马的肚腹也一并遮挡了起来。

当然,这块黑帆布披风和他脸上那块黑毛巾面纱一样,都与他要奔赴的婚庆现场不冲突,只是途中临时一用。

在他距我五百米的时候,我分明看见在那块黑披风下面偷偷溜出的一圈火红的、几乎令人目眩的衣领,这一圈高温运行中的电炉丝一般的衣领连接的,是一件他穿在里面的崭新、妥帖的红色衬衣,仿佛被帆布披风的漫长冬夜一直尽力包裹着的即将破晓的霞光。

与此同时,扣眼与扣眼之间的缝隙,一些化为绚烂光斑的衣物碎片从像是有意加固过的双排扣海堤溢了出来,每一种色彩,都达到了自身的极限,仿佛通过裂纹惬意地漫步在炸裂的石榴、蜜桃之中。

我听到细微的海浪巨舌心怀鬼胎地舔舐海堤的声音,听到更远的浪头沉闷的轰隆声,仿佛挖耳朵的棉棒不是不小心而是有意使坏地一下下触碰着耳膜。

一个掉队的、不久仍将在暮色中赶路的山村吹鼓手。

我几乎已经确定了。

因为什么别的事,这位吹鼓手让大家先走,他随后赶上。结果,大家的速度远非他印象中的那样拖沓,他赶了一程又一程,结果不赶了,开始自顾自地走。

一路上,马儿没有一点疲惫的感觉,相反,它似乎兴致很高,在几个拐弯处它甚至违逆了主人的意思,自作主张地选择了没走过的路线,"大方向没错。"他倒也给予肯定,直到后来不知怎么就跳上了高速公路。"没这么抄近路的。"他几乎就要从马背上掉下来。

在那条疾驰的汽车的河流里，我猜想这位吹鼓手一定失魂落魄地紧抱着马儿的脖子，仿佛被绑在射出去的炮弹身上的倒霉鬼那样万念俱灭。可事实上，没过多久他就习惯了这样的状况，他可以稍稍睁开一点眼睛了，他像个新生儿那样安静地看着下面的车流，他甚至意识到了他们的速度远高于车速，他们一直在超车，直到最后马儿突然一跃跳出高速公路的墨绿色的金属护栏。

我冲着他，往前迎了十几米。

即便很近了，可我惊奇地发现骑马人竟好像没看到我。

我不再卖力地挥舞手臂，而是将手臂高高举起，脚尖踮起，试图用增长身体高度的办法凸显自己的存在，以便被他看见。

我急忙往他的方向走，他显然只是从我右前方路过，没有往我这边走来的意思。

骑马人，或者说吹鼓手，又或者说更早之前的流动商贩，他根本没看我这个方向，也几乎不目视前方，而是始终仰着脸，瞧着天空，不时无所事事地、惬意地左右活动下脖子。

他是个胖子，一个大块头，相对于两百斤的体重，他的个头似乎没有应该的那样高。

不知为什么，他给人一种既傲慢又无所事事的感觉。

他脸上的黑毛巾面纱和一堆乱七八糟的黑色垃圾那样的装束，又让人感觉他是一个十足的拾荒者。

在这位拾荒者的世界里没有固定的居所，没有洁净与肮脏的概念，没有法律、甚至没有他人的概念，有的只是世界的存在和他自己的游荡，他甚至不需要语言，或者说他在自己的世界里废除了语言，回退到语言产生之前的存在。他要做的，只是观看、感受、睡去和醒来。

我在距他还有约莫十米的时候停住了。我确信自己站得很稳当，就在他和马即将抵达的正前方。

或者说，还没完全抵达他们正前方的那个点，而是稍稍靠我之前挥舞手臂的方向。

我把那个点让出来，留给他们，站在一个类似问路人应该站立的位置，几乎是有点儿恭敬地等着。

有一小会儿，我盯着自己正前方——也就是他们如果停住的话即将站立的那个点，我让出来的那个点，很快它的正上方将被站立的马的肚脐填充的那个点，愣了一会儿，稳定了一下情绪。

不可否认我当时有点恼火，就在我身后十几米远的杂草丛中，不论我如何高举手臂如何哎哎地冲那人喊，那人似乎是有意装作没听见更没有朝我的方向看一眼，我觉得他不近人情。

我几乎是带着一种报复的快感，冒着与他发生肢体冲突地向他的方向走了十几米，稳稳地站在他即将到达的正前方，然后再后退了两步，让出一匹马刚好可以通过的宽度。

虽说从女喂追着汽车消失到现在，也仅过去十分钟的样子，可仿佛已经过了几个钟头，我疲惫不堪地站在一匹马即将到达的地方，又看了看对面我们之前上去的山、左边不远处那条高速公路。

山似乎在我们下来之后悄悄挪动了位置，有些错位的感觉，高速公路上的车辆仍毫无新意地消耗着汽油，轮胎和路面机械地做着摩擦运动，荒草的地毯严格按照不时出现的较大的石头的路标一路由高速公路的护栏铺过来，穿过我脚下的地面，又一路向远处铺去。

没有一声鸟叫，高速公路之前能听见的轮胎与地面摩擦发出的共鸣声也突然消失了，似乎山那边下了雨，冷空气由南向北推移的时候刚好经过我的身体，一阵凉意袭来，皮肤上的每颗汗珠都受惊似的一缩，让身体打了个寒颤。

就像老式照相馆昏暗的摄影棚里摄影师按下快门的那个瞬间，他确信调整了很久终于将顾客的姿势调整到位，顾客身后巨大的风景也没有搞错，他甚至事先在视网膜上成像了一张即将拍到的照片，最后，小声嘱咐顾客保持姿势，像瞄准被刺杀对象多时终于确定可以射击的、匍匐于摩天大楼楼顶的狙击手那样按下快门，我就是在那个瞬间看到它的。

就像一直都在工作的电影放映机只是忘了摘下镜头盖，原本应该投射到宽大银幕的光束和蕴含在光束中的影像故事，一直无辜地被限定在一个掌心大的空间，而大意的放映员的一只手突然伸过来摘下了盖子，释放出了那些由流动的色彩、男女主角的身体，以及以他们的身体为中心不断变换的街道房间咖啡馆医院甚或各种死神缠绕出没的区域，我就是在盖子被摘下的那样一个瞬间遇见它的。

就像一个物品突然被你看见了，而之前你看到的只是这个物品周边的其他物品，你被其他不重要的物品吸引着，你的视线在它们中间来回移动、停驻，直至最后感觉稍稍有些乏味了准备离开时，你又不甘心地、不再抱任何希望地扫了一眼全部的其他物品，就在这时你终于看见了那件一直就存在却一直被忽略的、直接在一开始就被排除在外的那件不起眼的物品，并且，你吃惊地发现此时它完全符合你的所有要求，甚至在某些方面还超过了你最高的预设值，我就是在类似回望的那一眼看见它的。

那匹马在距我十几米远的地方向我走来时，我感觉它比别的马都大一些，是我没见过也不知道的一个什么品种，它的矫健似乎不是来自血肉和骨骼，而是来自每一根毛发与空气的互动，与光影的互动，仿佛每根毛发都在以一种通过将空气这种巨大物质不断打孔行进的、万千子弹的速度和能量刺穿着周遭的空气，周遭原来完整、一体的空气在它走过之后变得千疮百孔，好比暴死街头的年轻女人倒地的那一瞬间散开的长发。

在它经过时，脚下的荒草在风中的摇摆突然停顿了一下，仿佛愣了一下，又立即反应过来似的，将之前的摇摆速度倍增，就好比一个教徒在小路上偶遇教主一时没认出来可却又觉得面熟，步子不由得慢了下来，待反应过来后浑身一震用能达到的最快速度追上去那样，每株荒草似乎都在用有限的那个瞬间仰视、诉说着自己的生命在最高处曾托举出的、摆荡过的那一抹绿色。

我闭上眼睛,尽量不看一个事物向我逼近的情形。

我看着别处。

对面,也就是西边的方向,荒草的地毯工程一路向远处延伸,在它们成为一片枯黄色之后,继而再将那种枯黄色减淡一层,再一层,最后一直减到开始发白的路程,它们投入了一个湖的怀抱,鱼贯进入湖面上显现的自己的倒影之中,我南面的山也一路旖旎,似乎是与那些发白的荒草汇合一样,它们向北缓缓地弯着,每弯一段路程就缩小一点,直至最后缩小成一道仿佛是铅笔在那儿不小心蹭到的一点,然后借助一阵微风的力量,同样没入自己在湖面的倒影。

有一瞬间我感觉那面湖水像是一个不断发出刺眼白光的时空通道,一切的事物进入它后都会回到最初的原点,重新开始与刚走完的这趟旅程似乎相似却又完全不同的另一段旅程。

有一瞬间我感觉,远处那个少女化妆镜大小的发亮湖面似乎关联着万物的起源,就好像我走近它时它仍保持着一块少女化妆镜的大小——而不是随着我的靠近不知不觉又恢复为一面湖水的大小。我想象自己走近那块小圆镜,如同捡起阳光穿过树叶的缝隙投在地上的一块光斑那样,将它托在掌心,透过眼皮感受着它的光芒,以及那光芒中搅动的万千事物。

我想象着之后把它再次放回地面,转身往回走的情形。

我想走回之前为骑马人和他的马让出的那个点,可结果仍是在那个点停留了一下,又退回现在站立的位置。

他们显然没有停下的意思,无论是骑马人还是他的马,仍沿着他们的路线往前走,对我的喊叫就像没听见。

再不拦住他们,我就只能眼睁睁地看着他们从我面前经过,离我而去。我一边喊叫,一边再次挥动手臂,并往前跑了几步(他们已经完全偏离我之前预设会到达的那个点，那个位置，而是往距我更远的地方走）在他们前面站住。

骑马人似乎很不情愿让他的马停下，马一停下不仅是马就连他本人也会感觉不舒服似的，他有点不快似的望着天，胸口一起一伏地呼吸着。

那情形，就类似碰到一个读书正起劲的人终于不堪忍受一只扰人的苍蝇突然停下阅读却又一动不动可又不想起身去找苍蝇拍以免破坏阅读的感觉，或一觉醒来发现马蹄处有被老鼠咬过的痕迹，这样不值一提的小事。我绕到马的右侧，就在我正要开口说我怎么了（我碰到的事、我的困境、我的请求）之前，我习惯性地仰起脸试图用目光去找马背上骑马人的脸时，我看到马的身躯不知何时已经变得巨大无比，它远远超出了一匹马所在的种和属，它似乎，不，它已然是另一种巨型动物，只不过这种巨型动物还没来得及诞生属于自己的外形，就好比新国王登基后虽不情愿却也不得不暂时沿用旧国王的政体那样，它仍沿用之前的马的外形，虽说它已足有六米高，使得原本体形就很大的骑马人这时从下面看上去就像一只临时落在马背上的黑鸟。

那只黑鸟一副不耐烦的样子，不时无味地动一动翅膀，晃一晃身子，用一种人类无法解读的眼神望着天空。似乎它准备随时飞走，只是暂时在马背上休憩，马背对它来说无异于一块石头、一根树枝，一根电线，甚至一位少女的肩膀。

我看到轻柔地依附在马鬃上的夕阳不肯离去却又不得不离去的依恋和失落。

我看到夕阳的金色汁液在马的毛发间狂野奔流到极致才可能呈现出的道道光束。那些光束交织成了一匹光影的绸缎，侍女一样恭敬、谦卑地依附在主人身边，随时准备响应主人的意志。

我听到风在它的每根毛发与毛发间流淌的金色液体表面拂过的声音，一如它拂过山那边的一条河、远处那块少女化妆镜里蕴含的那片湖泊，我听见它在河面与湖面以一位花样滑冰运动员那样时而驻足盘旋、时而舒展四肢快速行进的声音，或是比赛前夜这位年轻的女运动员在睡梦中恍惚听到的窗外雨丝触碰万物的沙沙声，又或是做完最后一个动作后远处的观众席响起的哗哗的流水般的掌声，细碎而完整，欢快而从容。

我听到那巨型动物因为呼吸有规律地一起一伏的肚腹的天花板一下一下将我头顶的空气一浪一浪挤压的声音，那声音令我恍惚感觉自己仿佛因为躲避仇家的追杀，情急之下只好跳进湖里躲避，我在水中一面屏住呼吸一面眼巴巴地瞅着头顶某只巨型动物肚腹般的轮船底部，承受着它疑神疑鬼的发动机一下一下在我头顶激起的水的排挤力，而我要做的恰恰是与那种排挤力抗争，以便能一直躲在仿佛一直在呼吸的轮船底部不被发现。

一次又一次，在肺就要炸裂的时刻，我的身体会穷尽所有以便让嘴巴以最快的速度冲出水面猛吸一口气，那口气像锤子一样疯狂地敲打过牙齿，像藤条一样狠狠抽打过舌头，像掉进烟囱的猫那样轰噌一下就掉进嗓子眼儿，沿着嗓子眼儿那只又肥又大的厄运猫一路失控地滑过气管，最后以一台老式压路机成吨的铁锤砸向松软泥土路面那样，稳稳当当地砸进我因为缺氧，墙面已经微微剥落的肺的居室。

可瞬间它（这只已浑身沾满地板下方的泥土的空气厄运猫）又像碰到弹簧那样快速离开地板，冲出肺部的天花板，一路反弹出时光倒流的气管通道，像我冲出水面的嘴巴那样冲出我的嗓子眼儿，冲向水面之上的高空，那一刻，它像唾弃了枪膛的子弹那样自由，它像扬弃了人类的爆竹那样欢庆，它们在高空以自己的方式打着呼哨、摆着尾巴，让自己上升再上升，直到上升到某个对它们来说的那个绝对高度，那颗子弹和那根爆竹突然以一种柏拉图"灵魂转向"式的"看见"猛然掉头，继续深入它们已转向地面的进路，直至再次射入某具肉体的肺部深处，再追随那具肉体沉入水下。

第四章　助手

1

一个后来自称是我的助手的女人，在我醒了（却还没睁开眼睛的那一小会儿就快收尾）的时候，她并没直接按门铃，而是象征性地用指关节有节制地敲了两下：门铃正下方的那一小块。不敲击它，它就无法从整块门板显现出来的、与门铃的占地面积相仿的、刚好没入门板的海面以下的一小座木制岛屿所在的区域，拉开虚掩的房门走了进来。

"不要说话。"她说。

她在我床边坐下。

"不要看，不要睁开眼睛。"她说，"手也不要动，什么地方都不要动。我希望你就这样躺着，到太阳落山就好了。"

"你出了点儿状况，"她说，"不过不要紧，没什么大碍。"

我没再试着睁开眼睛，我的眼皮好像长在一块儿了，也没再试着张开嘴巴，我好像都感觉不到它了——一张刚完成的肖像画上的、被画家不知出于什么原因突然又飞快抹掉的嘴巴。

"不过你能听见,"她说,"我确定你能听见。"

她应该是微微抬了下软凳上的臀部,调整了一下坐姿,倒不是要让身体坐得更舒服点,我确定她并没有觉得坐得不舒服,仅仅是觉得需要动一下,习惯性地,没什么目的。

她建议我再确认一下能不能听到,听觉是否一切正常,即便她自己确信不会有问题。她并没有像医生常做的那样要求患者给出一个反馈,动动手指什么的。她只是建议。

她身上有种——怎么说呢,差那么一点就会溜掉的味道。我不知道是香水,还是她的体味,也可能那种味道并没有那么淡那么远,那么微弱,很可能是我的嗅觉的问题。就是说,很可能,那种包藏着温暖、湿润、微甜的气息,不是一丝一缕地、花魂一样在房间的空气中浮游,而是像薄棉被这样严严实实地将我的身体整个儿包了起来。

"我想要告诉你一个世界。"我相信她说这话时闭着眼睛,并且,已经闭了一会儿了,她把她要告诉我的那个世界在脑子里沉思默想了一会儿后,才决定把它说出来。

"我想带你去见一个人。"她说。

"我知道这么说有些突兀,"她一定把脸从窗口转向了我,用一种看着某样东西的眼光看着我,接着说,"突兀也没什么不好。打针时针头扎进皮肤的瞬间也挺突兀,逛街时突然看到一样喜欢的东西也挺突兀的,所以,我不觉得有什么。题外话。"

她的声音,怎么说呢,像是某些轻快的东西在交织,那些东西滑溜溜的,细细的,却又极富韧性。

"不过我并不急于把我要告诉你的这个世界和要带你见的那个人说清楚,说明白,说完整。虽然我请求你相信我的表达能力,并且我对自己的表达能力也从不怀疑,可我还是不准备一下子说明白。我只先说个大概,你有个大致印象就可以了。免得太阳落山后我除掉你眼睛上的纱布时你无所适从,慌乱起来。"

虽然她坐的软凳没有发出任何声音，可我感觉她微微挺了一下腰，我听到明显的她衣服发出的窸窣声。

"我会告诉你它们的存在，"她把视线一定又转向了窗外，"我们此刻就身处其中的存在。"停顿后，"它们就这么存在着，这个世界和那个你即将见到的女人。这就是我要告诉你的，至于，这两样东西是怎么存在的，还会存在多久，以及，他们存在的意义、价值，不在我此刻的言说范围内，不仅是此刻，以后也不会。我只负责我负责的这块儿，别的，我就不管了。你会有兴趣吗？"

她确定我听见了，也确定我会回应她沉默，即便我的嘴巴此刻已经恢复正常。

她用蘸水的棉棒帮我擦了擦嘴唇。

"一来我就应该这样做的。"我听到她两次进出房间的脚步声。她穿的应该是一种类似舞鞋的软鞋，几乎听不到什么声音。

"好了，刚才的话题有点远了。"她再次在床边坐下，随手从床边小柜上的包里取出一本书，翻了几下，似乎是准备要看的样子，可很快又合上了。之后，它一定是被她平放在并拢的腿上了。

还是说说那个世界吧。这个世界，我想知道怎么回事儿。我这样想时，她似乎听到了我的内心活动，又像是巧合似的，说你不要着急，要说明白我们常见的一个东西，或生活中的一件小事的来龙去脉，都不是件容易的事，更何况是一个世界，以及，可以说是象征着那个世界的一个女人。

她要我不要着急，着急通常会错过重点，反而搞不清楚状况。很多不必要的麻烦都是源自我们的不冷静。

"冷静。"她说，"如果要我说，我只说这一点，这一个词语。并且，我必须确定你能做到，能实践它，把它注入你的每一个细胞，每一个分子，只有这样我才能开始下一步，也就是作为你的助手，回到你的助手的角色之中，先用语言向你展示你此刻置身其中的世界，以及,那个绰号叫山葱的女人。"

说完,她又站起来,决定不再说话似的,转身去了趟小客厅北边的洗手间,我没听到任何水流的声音。

从洗手间出来后,她并没有直接回到我的床边,而是独自在小客厅的藤椅上坐了会儿,我不确定在那个时间段她是否翻开过后来一直没放回包里的书。

她像是遇到了一个小问题,一个小状况。虽说完全在她预料之内,并且还比之前预料的情况好得多,可还是没能阻拦她忧郁症复发似的精神低谷。

但很快她就在接下来的某个瞬间突然想到了什么似的,再次起身来到我的床边,揭开我身上的薄被,细细地从头到脚地查看我的身体状况,似乎在确认这样一具身体是否具备日落之后进入这个世界的能力。

2

我现在要对您说的,首先是我的一根手指——左手的中指。

我将从这根中指开始向您描述日落之后向您敞开的这个世界,我讲述的小火车将从这根中指的指甲缝铺设的轨道出发,向您展示我对这个世界不算多也不算少的认识,和了解。

接着,我会用小火车的车窗向您呈现山葱——一个介于女人和人之间的存在者,一具名为山葱的动物性身体。到时,我讲述的小火车会切到她那边的轨道,我们的小火车将从岁月在她额头铺起的第一道铁轨开始,一路南下,爬上她的鼻尖,跨过她的上下唇,滑过她的锁骨,沿着她左乳靠外一侧的喜马拉雅山脉的周边匀速前行,却并不直接向下,而是过山车一样再从她双乳中间的一条深谷再几乎是放肆地兜上去,直至从深谷直飙上她右乳乳头的珠穆朗玛峰,在那里,我们突突冒烟的小火车已经气喘吁吁了，但它仍没有要停下的迹象，它甚至都来不及看一眼对面的第二大高峰乔戈里峰，就又从东边下去沿着一路南下的铁轨向她肚脐处的第一大死火山哈雷卡拉火山驶去，在那里，我们会让它稍做休整，暂停运行一白天。

然后，按照祖先制定的时刻表，暮色时分它将再次出发，将带我们一路南下，驶入山葱身体上的那片最大的亚马逊热带原始森林。现在，我们暂时先跳过接下来的行程，我直接说终点站。

我讲述的小火车的终点站被我设定在山葱右脚小脚趾的指甲边儿上，那是一片紫色的铺满薰衣草的月牙平原。在那儿，我们，还有我们的小火车，将借助山葱手中的一把小小的指甲剪的轻轻一剪离开她的身体，再次回到这个房间，回到你现在躺着的这张床和我此刻坐着的这张软凳，那时我将解开你眼睛上的纱布，把你引向她。

3

我真正要谈论的是另一个女人的身体，她的身体里蕴藏着一个秘密，一个启示，接下来的日子里你将尾随她，跟随她，追随她，直至她开始掉头追随你。可你知道的，就像其他类似的事情一样，从她掉头的那一瞬间开始她就已经死了，在你的世界里化为一个不再会引起你注意的路人。

这些话或许有些费解，不过没关系。对了，我可以称呼您先生吗？我以后就称呼您先生吧。您可以直接叫我助手，或者直接喊我"喂"都行。

我来的时候是没带名字来的。或者说，在这儿，我是一个有待命名的女人。这也就是我之所以会成为您的助手的原因吧，我希望在一切都结束的时候能得到自己应得的东西。到时，我将是这个世界上第二个拥有名字的人。在那之前任何称呼我都接受，我明白它们都仅仅是个符号，不具有我认为的意义。

　　作为这个世界的开场白，一道小小的伤口是再合适不过了。现在，它就在我左手的中指用于弯曲的第二个关节那儿，它是一只床头柜和床头柜边缘一把忘了合上的小刀的战果，或者说馈赠。

　　怎么说呢，与其说昨晚入睡前我用完小刀忘了把它合上就直接把它往床头柜轻轻一扔，还不如说床头柜对我的那处指关节觊觎已久，它趁小刀脱离我的手而又没落在它身上的间隙，它不怀好意地后退了一步，原本该稳稳当当落在它中央位置的小刀险些落地，最后几乎是神奇地架在了它靠床的那条边上。

　　与其说是我抛的时候力道欠了一点，不如说是床头柜说服了小刀加入它的阴谋，并在我熟睡的时候将刀刃在它那条边上顿齐、摆好，然后倒计时等待我醒来后指关节不偏不倚地从刀刃上划过。

　　它像一只小小的眼睛涌着一滴饱满的红色液体，又像一只娇嫩的嘴巴吐出一大口超出它口腔容量的黏稠的草莓汁，它就以一只眼睛和一张嘴巴的形式出现在我今天早晨的生命中，而在此之前，我仅在一些古老的书籍中读到过它。

　　我相信自己看到了真正的红色，它原来就一直在我身上而不在别处。要知道，这种颜色已经消失很久了，几乎被人们遗忘了。红色原来是生命的颜色。

　　我从床头柜的抽屉里找出一包未拆包装的发带，把它托在手里细细打量。承诺可以让我更漂亮的广告词，一个训练有素的广告模特，背面是厂址、保质期。

　　一根发带也会有保持期吗？它能被看作是头发的食物吗？我像拆开一个面包一样拆开它完全不需要设计得那么大的包装盒，从里面取出一根纱布条。没错，就是一根纱布条，比医用的那种看起来更有质感，更精致。

　　一圈细密的针脚封锁着四个边，用的原材料也比普通的医用纱布要好很多，略微泛着自然的黄，也更有韧性。

甚至，在它的一角还挂着一个小小标签，上面印着一句短小的，貌似跟所有人无关又跟所有人有关的、很容易被归入商业设计的话：看见你自己。

这句话并不难理解，意思显然是"扎上我这根发带你就看见你自己了"，潜台词则是"不扎我这根发带你就看不见你自己。"一种广告挟持，我想是这样的。完全从这件商品出发，目的就是要把它卖出去，仅此而已。

可是，是这样吗？它为什么要用"看见你自己"这句话而不用其它的表述？这个"看见你自己"相对于其它表述来说，怎么说呢，更完整更严肃，还是更有力度？可不得不承认，相比于"看见漂亮的你"之类的话，它也显得更抽象，笼统，给人一种看了等于没看、可看可不看的感觉。

很快我就意识到有可能是文案设计师篡改了希腊德尔斐神庙门楣上的铭言，即苏格拉底将之作为自己哲学原则的"认识你自己"。可买一根发带就能认识你自己吗？方案设计师的逻辑是什么？"看见"和"认识"的区别又在哪里？

按照通常的理解，自然是先看见后认识，认识一个东西之前要先看到那个东西，比如我们经常说认识了一个朋友，这话的完整意思是：我先是看见了那个人，后来经过交谈或共事，我们彼此认识了，成了朋友。可成为朋友之前，我们首先是看见了对方。

"认识你自己"之前，要先"看见你自己"，这可能就是方案设计师的思路。他先不要求我们认识自己，因为那是一个哲学问题，一个苏格拉底的哲学原则，它们难度过大了。

难度大却不意味着要放弃，而是退一步，慢慢来，往下退一个台阶，先"看见"你自己。

我们可以通过"看见"，经由"看见"的中间台阶为过渡，迈向

"认识你自己"这一最高台阶。

那么,好吧,现在我们暂定的目标是"看见",只要看见自己就行了。

可人怎么才能看见他自己?人能看到自己吗?我们为什么要看到自己?我们只要能看到家人朋友,看到日月星辰山河花草不就可以了吗,为什么还要看到自己?看到自己有那么重要吗?

今天早上我坐在床边,捧着拆开的发带盒,看着舞台一样的盒子里,发带舞蹈家不差分毫地完成着几近苛刻的规定动作:她盘曲身体,两臂紧抱双腿,腿部线条绷得笔直,膝盖横亘在锁骨的上空,前额的拱起填充脚踝的月牙状的亏缺,为了使身体占用的空间达到最小,她还被两根又宽又长的皮带在后背和腰的位置捆扎着,这使她看起来更整体,也更容易取出。

我用这根纱布发带把伤口包起来。一圈又一圈地缠紧,在末端用塑料的迷你别针别住。

塑料的迷你别针,你听说过吗?彩色的,别在织物上需要别的地方。

就是这样一些五颜六色的小东西,它们控制着织物的开合,让一块布瞬间变成一件裙子、一条抹胸。它们还控制着女孩们花样翻新的发式,不过那都是以前的事了,那时了不起的纱布发带还未出现在集市的露天摊位、店铺昏暗的货柜、超级市场一尘不染的货架上。

现在,女孩们喜欢的就是这样一条发带,它带有医疗的气息,她们甘愿被这种气息捕获,她们都确信自己的创伤需要被疗愈,被抚慰,而仅仅是通过一条两用发带:扎头发和包扎伤口。

进来之前,我站在门外注视了一会儿门铃。那个小小的按钮,我本来是该用小拇指按下的,结果我改变了主意。我用缠着纱布发带的右手中指的关节处,也就是那条小伤口驻扎的地方像擂战鼓那样沉闷地、即事实上接近无声地击了三下。

我私下里觉得这是一个新的开始,从我走进这扇门走向你的床看你第一眼算起。我确信这一点。

如果说得再清楚一点,那就是,接下来我将为发带上看到的那个小标签上的那句话去战斗。问题不再是一个人需不需要看见她自己,而是怎样才能看见她自己。

不再是"是"的问题,而是"怎样"的问题。

4

进来之后我首先看到的是门口那个红色的垃圾桶———一只塑料的、仿佛有意向一只垃圾篓的样子靠近的、小街小巷任何一家日杂店门口都能看到的再普通不过再廉价不过的小号水桶。它和常见的垃圾篓的大小相似,也学着垃圾篓的样子套着垃圾袋,只是不具备垃圾篓卡住垃圾袋口一圈的功能。

看到这只混入垃圾篓群体的小号水桶时,我第一次仿佛在里面看见了自己废弃的身体,在不久的将来废弃掉的、此刻的这具过去的身体。

它被缩小到一只饮料瓶的大小,以一只饮料瓶应该有的姿势——瓶口朝上或倒栽葱地瓶口朝下,斜倚着垃圾桶任何一个角度的桶壁,它的脚或脸踩着或贴着桶里在它之前就已经有的垃圾、纸团、头发,地板上不知怎么形成的一片片黑色的固态污垢,再次发干发硬的废茶叶,不知名物品的外包装纸。杂,乱。

我在这只垃圾桶里看到了现在的自己,即将成为过去的自己。一阵眩晕不由地向我袭来。

进来之前我在小客厅茶几边的藤椅上坐了会儿。我像呛了水的初学游泳的人那样爬上岸边整理着自己的身体。我甚至吸了支烟。

我坐的那把藤椅正对着这间卧室的门。门敞开着。我对着您和您现在躺着的这张床发了会儿呆。怎么说呢，不是对着您，也不是对着这张托载您的床，而是对着您和床的结合体，发了会儿呆。

您身上盖着一小块白床单一样的布料，这块布料尽职地遮盖着您的胸口到膝盖的部位。有那么一会儿，不知为什么，我怪异地想到那块面料下面其实空空如也，什么也没有，您只是两只并拢的小腿和脚、脖子和头的组合。而我呢，我将成为这样一个没有胸口和下体的男人的助手。

我又看看自己的身体，它是完好的，除了早上那道小小的可以忽略的伤口。

我总是看到幻影。我想一定是哪儿出了问题。不是我出了问题就是世界出了问题。

我清楚地记得不久前的一个傍晚，我走进一片居民区的一块空地，那时竟没有一个人。我在一处高大的灌木丛掩蔽的小院里碰到了多年前很有好感的一个男生，我清楚地察觉到，对他多年前已经被遗忘的好感在重遇后瞬间升华为对他的渴望，对他的爱情。确定这一点后，我开始想方设法让他意会，让他知道，甚至，我一度把他逼向某一处墙角，试图吻他时（他始终没有流露出不悦，却也不主动），忽然闪出一个女人。那女人奇丑无比、庸俗不堪，她似乎也学着我的样子突兀地要强吻他，可气的是他仍未流露出丝毫不悦，完全超出我的意料。

不过，他似乎冲她使了一个眼色，要么是冲她做了一个不易被我看出的动作，意思是要她不要急，他想先好好看看她。

一收到这样的信号，那庸俗不堪的女人（哦，我相信不只是我，就是任何一个人都会和我保持同一看法的）竟开始矫揉造作地展示她自以为闭月羞花的一面，他呢，竟表现出陶醉的样子。

这对狗男女，哦，请原谅我的用词，他们的嘴唇终于碰到一起，胸口终于碰到一起，手臂终于缠绕在一起。我再也看不下去了，我决定要走时，却奇异地发现两人开始往小的缩，一个压在另一个身上，两人都闭着眼睛，身体却越缩越小，最后缩成一个小学生文具盒的大小。

那只肉质的、不断抖动的小小文具盒当时就在我脚下，距我三五步远的地方。

我把它捡起来，托在掌心看了一会儿，再把它放在旁边半人高的围墙上，我知道接下来我要做什么，似乎那枝笔尖外露的钢笔也知道我接下来要做什么。因为不知何时它已经握在我手中，它的笔尖令它瞬间化身为一把尖锐的饱含复仇因子的锥子，它带领着我的手我的右臂，以一位厨艺精湛的厨师处理豆腐或肉冻之类的食材那样，把那只颤动不已的文具盒戳成了一个马蜂窝。

细如发丝的鲜血烟花一样从它内部喷出，抵达上空一个无法再高的点，再下落为血雨或血雾，在文具盒的花蕊外围开出一朵鲜红的花。

一朵美好与丑陋孕育的花，一朵美好分子与丑陋分子作用而出的花，可我在它身上却再也看不到美好与丑陋了。

它成了一朵花本身，也仅仅是一朵花，一种新生事物。没人知道它的前世，它从哪儿来，它就那么不知情地绽放自身。

我逃走了。我又折了回来，回到现场。警察在调查现场。他们围着人肉蜂窝文具盒皱了会儿眉头，断定是桩命案，却又无从着手。

他们似乎没留意到我手上的血迹，他们陷在要处理的案子里。

我看到了幻觉。我一度看见了幻觉。我看见的是我自己产生的幻觉还是世界本身就是一个幻觉，我不明白。

我想把它搞明白。

5

坐在我旁边的这个女人，一个有问题的女人，一个带着问题来的女人。

一个将她的问题和盘托出的女人。

她并没有被她的问题俘获，她只是意识到了它，她谈论它时虽说少不了在个别细节处稍显激动，但整体上还是平静的，理性的，就像忘了洗澡的人不时会抱怨一下皮肤的不舒服，但也仅是抱怨一下，并没有急于中断眼前的事要立即跑回家洗澡，就是说，还可以忍受，还能接受，还到不了构成引发行动的程度。

她只是把它摆出来，一五一十地摆出来，让我知道，让我看见。她寄希望于我或类似于我的另外一些她愿意信任的人，愿意和他们谈论它的人，就像谈论意义不明的梦那样，有点希望他人能够给出令她信服的解读，又觉得不大可能。

还是要她自己去面对，就是说，最终，她还是决定自己去琢磨，去领会。

我不能说喜欢这样的女人，只能说不排斥，可以任由她们在我身边存在。

我只是享受她们的存在，她们的存在总能带给我欢愉。

不过，我清楚地知道这种欢愉来自她们的惰性。她们克服不了自身的惰性，只好一遍遍地谈论它。

这类女人，无论她们谈论什么东西，她们谈论的都是她们的惰性。这一点，她们是不知道的。

这个女人，这个有着一副大自然中雌性动物身躯的女人，现在就坐在我的床边，沉默着。她似乎已经说完了要说的，可她没说的才是重点，不是吗？如果她有能力继续说下去，她继续说下去的内容才是重点。

我是说如果她有能力继续说下去的话。

她显然欠缺这种能力。她不知道接下去还能有什么内容可以成为内容，她认为她看到的自认为的幻觉就是重点。没错，她谈的就是幻觉，可那只是个开始，还有太长的路要走，太多的领域需要深入。

我并未说她没有意识到这点，事实上她谈的正是她对这一点的意识，她意识到了一个严重的问题，那个问题如此重大，以至于她甚至明确地把它和自己的名字关联了起来。

她将用这个问题的答案来为自己命名。她看到了一线希望，她要向它走去，牢牢地抓住它，不允许有任何闪失。

正如一个发呆的少女忽然意识到了自己在发呆，立即从发呆的状态抽身出来，回到之前熟悉的房间、单元楼，她所在的城市、国家。此刻我床边这位还不知自己为何物的无名者，生命的无名者，一个在她看来是偶尔的机会察觉到了身处的世界的一点轻微异常，一条空气中的裂纹那样的东西，她并没有像其他同类那样将之视为错觉把自己敷衍过去，而是作为一个问题保留了下来。

她刚才谈的不就是这个问题吗？到底是谁出了问题？她，还是世界？是她的眼睛错将这个世界的真实看成了幻觉，还是这个世界本身就是一个幻觉的存在，不真实的存在，她只是如实地看到了它不真实的一面？

那么她自己呢？她自己又是一个怎样的存在？她是真实的还是虚幻的？何为真实何为虚幻？如何区分？

我睡了一会儿。我不记得是怎么睡着的。我甚至都不记得在何时她的叹息声化为了风声，她来回走动的脚步声和衣服的窸窣声何时化为了轰隆隆的雷雨声。

在那个被称为梦的世界，我看到了草原、沙漠、戈壁和海洋，看到了牧人、骆驼、野马和船。奇怪的是，我并没有像之前那样被它们吸引,而是在心里与它们有意保持着距离。

它们一会儿被我看成一帧帧的影像,一会儿又凝固为一张照片,我一会儿把它们看成是真实的景物,一会儿又把它们粗暴地视为一幅幅图像。

我开始厌烦它们时,我就闭上眼睛,它们同时也化为齑粉。我惊奇地发现,它们不仅仅是我之前认为的真实的图像,还是虚假的图像。

"我做了一个虚假的梦。"醒来后,我在心里对助手说。

我看不见她,可我知道她在看着我,凝视着我,嘴唇紧闭。

她的鼻息不时地扑到我脸上,让我想到山谷,想到流水,炉火。我等她说点什么,以便确定我真的醒了。

她久久地沉默着,直至我再一次昏昏沉沉地睡去。

这次,我看到一个对镜梳妆的女人,更确切地说,是一个对着镜子的、我不明白她在干什么的女人。

她面对的那面除了如实地照出她的映像,既不会说话也不会向她靠近的镜子,像幅画那样被固定在墙上,用于展示不断走进走出的女主人。而这位女主人呢,她对它微笑过,娇媚过,也向它吐过口水掷过梳子。她甚至为自己保留着随时撞向它的权力,以头相撞,以游泳运动员猛然跃起让自己的身体沿着空中某个弧线的路径接近水面,直到最终不打草惊蛇地滑入镜面。

"像是方糖沉入一杯牛奶。"她曾这样形容那个瞬间。

桌子也不能把她怎么样。它能把她怎么样呢?当它看到她用口红将眉毛涂得血红,用几片创可贴将鼻子从上至下完全贴住时,它无法理解她的举动,它只知道她看上去似乎很痛苦,她厌恶这样的自己。

桌子既无法把她掀翻在地,在她伏在它身上时,更不可能把她压住,实实在在地教训她一番。它做不到,或者说它暂时做不到。在不久的将来,它相信情况将有所改变,到那时,它和女主人的关系会整个儿翻转过来,它将战无不胜。到那时,它将对她不再有行动的兴趣。也只有在那时,它才成为了一张桌子,而不是现阶段的"一张女主人的桌子"。它期待着那一天的到来,那一时刻的到来,不,不是期待,而是从这一刻起,它将进入一个不分昼夜、分秒不歇的观察、学习的阶段,这个阶段的学习将会成为一件礼物、一位导师,这件礼物和这位导师将带领它走近那个成为"一张桌子"的时刻。

一件它为自己准备的礼物,一位它为迎接自己的诞生而设置的导师。

"您睡着了。"一个清新的、却被一种挥之不去的忧郁蚕食的声音,风一样掠过我的前额,被分发进我的两边耳朵,"您知道现在是什么时候了吗?"

我摇摇头。

我不确定她能看出我摇了头。我不知道自己摇头的幅度大小。

我没有可以参照的实物,所以我参照了黑暗。

她没有给我反馈,没有说话,没有引起空气震荡的突然发出的语气词。

她还像之前那样,她身上的那份宁静,让我莫名地想到一只蛋。

她说现在已经接近五点了,这一觉睡得时间很长,"几乎睡了一个下午。"她问我要不要喝水,我没有给她任何示意。

"我喂您些水吧。"我感觉自己瞬间变成了她住处窗台上的一盆什么花,刚才她对我查看了一番,还对我需不需要浇水忖度了一番,现在终于决定去打水了。

"再过一个小时,也就是整六点的时候,我之前说过也就是太阳落山的时候,我会除下您眼睛上的纱布,让您看到这个世界,来到这个世界。"她说,"而我也将真正地成为您的助手。"她一边用湿润的棉棒擦拭我的嘴唇,一边说,"说实在的,现在我还算不上是您的助手,因为我还不曾实质性地协助过您什么。不过一旦除掉您眼睛上的纱布让您看到这个您已经身处一天的世界后就不一样了,那时您将看到我,看到我们已经共同身处的这个时空,而我也将展开我作为您的助手的一系列工作。"

什么话一从她嘴里说出来就有点神神秘秘了,为什么会这样?她就不能好好说吗?

"可以,当然可以,"她就像从我脑子里钻出来一样,接着我脑子里的疑问说,"不过很费劲,很吃力,估计比这样说还不好理解。"

她起身去了趟客厅,回来又接着说:"所以,还是一步步来吧。"

她像检查即将打开开关令其运转的机器那样细细核实了我身体各部位的状况。她把手掌放在我的额头感受我的体温,用手心感受之后又换为手背。她似乎更相信手背得出的结果。

她抚摸了一遍我眼睛上的纱布,确定它们没有移位,并适度地同时按了按我两侧的太阳穴,然后那两根手指直接移至鼻翼,细细查看了我鼻孔的情况,只是手里没有出现五官科大夫常用的小手电而已。她直接跳过我的嘴巴(似乎确定这个地方无须检查似的),用一种遥远的力度捏了捏我的两边肩膀,然后依次由上而下到其他地方。

我不知道她这样做的用意,我等她说明。她对我的身体还算满意,有一两处检查完之后她都轻松地拍了拍它们,像是对它们说"不错"或"拜托"。检查完胳膊肘和膝盖的时候,我感觉她也比对了一下自己的那两处部位,虽说存在大小宽窄的差异,但她的重点在于构造的完整。

最后,她的手经由我的左右小脚趾完满脱离我的身体,恢复以她自己身体为中心的常态。就在这一切结束之后,她从洗手间带回一块湿润的叠成香皂大小的小毛巾。她用那块小毛巾擦了擦我的前额,并奇怪地吹了吹,似乎要令它快速变干似的。待擦拭过的前额达到她满意的干燥程度,她几乎是精准地吻了那一小块由她清理出来的区域。

6

"你是一个真实的人。"坐回软凳后,她说。

"一个真实的人。"她又说。

"真实。"过了一会儿,她貌似极不情愿地说,结果还是说了出来。

她说出了一个对她来说本不该说出的词。她原本没有能力说出的词。但那个词还是显现了,从她的气管、咽喉、再途经口腔、嘴唇,那个词变异似的挣脱了她意识的掌控,冒失地、显然又是故作镇定地走了出来。

一个可以在某个词上停顿的人,一个可以在某些词上任意停留的人,驻留的人。从此以后,她就是了。

而这之前,她不具备这种能力。她可以顺利地说出一大堆包含那个词的句子,却无法单独说出那个词。她看不见那个词,更进一步说,那个词拒绝被她看见。她无权看见。她的身体无权遭遇。

"是吗?"我说。说完我才意识到我可以说话了。

她点点头,仍沉浸在那个突然向她敞开的词语里面。她肯定没有听见我的话,可她做出了回答。就是说,她无须听见我的话就可以给出回答,做出回应。

我坐了起来,床一下子低了下去,我是这么感觉的。她也一下子低了下去。房间里的一切、房间本身同时也一下子低了下去,它们像是刚从高处被人抛到了一大块海绵垫子上。

我不知道自己能坐起来。可我已经坐起来了。你不知道的事情你竟然已经做到了,你做到了一件你不知道的事情,而且你还是在完成之后才得知的。

我看不见自己的手、胳膊、脚,但我任意地挥动它们,让它们先动起来,再用它们接触自己的身体。

我确定已经重新拥有了它们，我感觉到手碰到肚皮时肚皮对手的回弹力；我感觉到手握住脚时脚的被持握感；我感觉到手反馈回来的其他身体部位的消息，统统这些，都让我产生了一种爱的感觉。

是的，爱。一种爱的感觉。

她要除掉我眼睛上的纱布，却又发现了我的犹豫。面对我的犹豫，她也犹豫了。我对她说，就像被悬崖下方细微的景物吸引的人；就像被悬崖与地面的高度吮吸的人那样；就像深深嵌入某个梦境的人那样，当有一双手要拉开他，把他拉离悬崖和梦境时，他的第一反应是把对方拉下悬崖、拉入梦境。他被超出自身的东西吸引了，他痴迷于它，他被超出生命的东西吮吸着，那种吮吸让他感觉充盈、丰沛，又带有某种新鲜的刺激。

"但是我还是要紧紧拉住你的手。"她说，"我是你的助手。"

她用一根长长的医用纱布将我拉了回来。

"你认为你感觉到的是真实的吗？"她问。

"我没有这样想。"我说。

"你可以睁开眼睛了。"她像是已经准备好了一件什么重大的礼物，那件礼物现在就摆在我的眼前，而我只需做一个微不足道的、甚至连行为都算不上的动作，是的，仅仅是一个动作，一个微小的动作：睁开眼睛。

一个女人的侧脸，一面白墙，一扇门。

白色的门。上面有我看不清的花纹。门在女人的后面，再后面，就是那面白墙。

她侧坐着，我只能看到她的侧面。

她的鼻子有点儿像古代的西域人，但又不那么明显，微微有点儿鹰钩，眼眶有点儿深陷，也同样不明显。

她很平静。似乎是知道会有这么一刻要被我看到，所以她选取了这样一种平静的表情，还练习了许久。她梳着一根辫子，辫子的长度约是她一边的肩宽。被聚拢在脑后的发丝穿过一根几乎看不见的黑色皮筋的束缚，花洒一样流泄到无。

流入一种我们称之为"无"的物质。

但最外一层的发丝像是经过特意嘱咐似的，不但没有乍起显得零乱，反而比内部的发丝更直也更有型，仿佛特意经过一道名为发丝加粗工艺的工序然后才出现在她脑后的。这最外一层发丝担负着聚拢内部发丝的重任，它管束着它们，令它们不能越它划定的范围圈一步，它以一位冷漠苛刻的掌权者的存在托举一根发辫的尊严。

她绑着头发的皮筋比普通的皮筋要宽，我甚至都不能确定那是一根皮筋，因为它显然还比普通的皮筋要薄很多，约是普通皮筋三分之一的厚度，边缘没有明显的被工厂机器切割过的迹象，像是一个黑色的什么圆圈一类的东西，且有很好的弹性。上面隐约有些图案，我看不清楚，虽说那些细微的图案没有一根发丝遮挡，就赤裸地暴露在空气中，呈现在我眼前，我还是看不清楚上面哪怕是最明显的形象。

"像是一首叙事诗，"我想，"人物众多，场面恢宏，但全都沉浸在黑夜一般的黑色素中。"

她的脖颈以一种广告橱窗的塑料模特的、通常是经过设计师细微拉长拉细调整过的形式在我面前呈现着，暗暗展现着它自己无法挑明的、似乎是之前的某个时间区域里动过手脚的另一根不完美的脖颈。

我莫名地感觉到眼前这根似乎只有在雕塑作品中才会出现的人体连接部位，竟稍显突兀地直接出现在现实中，就好比一个只有在真空中才能存活的事物一下子开始在我们的空气中存活了，之前对它而言的致命性的空气突然被颠倒为它生命的必需。

窄窄的两边肩膀，肩膀上方一颗小小的精致头颅，这两个平凡的身体的局部却被一根只有艺术品才能达到的完美的脖颈连接了起来，这种完美已经完全超出了一根脖颈所能承受的限度，以至在我眼中，这根脖颈成了这具身体的肩膀上的头颅，真正的头颅则被贬低为一顶戴在这根脖颈上的帽子,并且还是一件不相称的、无意中不时透出滑稽色彩的、马戏团小丑专用的表演道具。

在那根脖颈、那座美的丰碑后面一米远的地方,是一扇门。门完全打开着,保持着一开到底的状态,门外两米远的地方是一个小方桌,两把藤椅。小方桌上摆着茶具,还放着一本书。我看不出它是一本书还是一个本子(硬皮本子和硬皮的精装书太像了,去掉外面那层封套的硬皮精装书封面往往完全空着,只在书脊处印上书名,现在它的书脊背对着我,我分辨不出它是一本书还是一个本子。)

这扇门是一条道路。它开启的这条此刻对我来说仍一无所知的道路已经将自己呈现在我眼前,已经向我展开了它最便于人接触到的一面:经由视觉将它看见。此刻它执意地将自身的宽度完全开放,长度则短得可怜,仅为门到小方桌之间的距离——两米多一点。

是的,我确定它是一条道路,并且,是唯一的一条道路。我能肯定,此刻我就位于这条通往这个世界的唯一道路的起始处,很快它就会从客厅的小方桌的一侧将我带出家门,带下楼梯,带出单元楼,带到地面带到天空底下,带到大街上,它将带我到值得我去的每一处,这个世界的每一个角落,只要那个角落发出的光亮与我的瞳孔匹配,与我的身体匹配。

不知怎么,我模糊地想到了一个女作家,她似乎来自一个隐约的梦、一块罩有水蒸气的镜面、一次前世的刹那闪回。

"觉得怎么样?能看见吗?"助手的声音。

她把脸转向我,看着我。接着,又问我"看得清楚吗?"又叮嘱我不要频繁揉眼睛,"一开始眼睛会有个适应的过程。"后来,她要我伸出手主动和她握手,要我依次用两边的肩膀碰她卡在我肩膀外侧的手掌,要我深呼吸,再深呼吸,最后一次深呼吸时她还用一只手掌压住我的胸口,"再吸再呼一次!"

她就是那样,一样一样地在新时空中检测着、安顿着我身体的每个部位,以及那些部位的综合协调能力,直到最后她觉得完全满意,并象征性地扶我在小客厅的一只藤椅上坐下。她则在小方桌另一边的藤椅坐下了。

"感觉哪里不舒服就立刻告诉我。"一副随时待命的语气。

7

我接过她递来的茶,一种我不熟悉的茶。我没看她的眼睛。

我在藤椅上让自己坐得不那么端正,闭上眼睛,尽量放松。

我感觉随着呼吸的起伏,力气正一点点回来。

"坐一会儿,再十分钟吧,我们就出去,好吗?"她说。

我没有回答她。我不是不想回答,也不是没有答案,而是不想开口说话,哪怕单单一个"好"字。

"我来帮你吧。"说完,她从洗手池拿来热毛巾为我擦脸擦手,她几乎在我身体还是一片空白的时候,用那块热毛巾上上下下地把它擦了个遍。每一个部位,每一处大大小小的角落,甚至我自己之前都没有想到还可以称得上是角落、还需要单独擦拭的部位,她都一一擦拭了。这让我感觉自己是一台被擦拭得一尘不染的机器,而这台机器对他接下来要做的,要去的地方,要打交道的人,一无所知。

"您什么也不需要知道,"她就像在我脑子里似的,说:"您现在知道也没用。您需要知道的时候我会告诉您的。我现在说了您也记不住。"

她又递给我一杯茶,一种味道说不上来的红茶。她从椅子上起身说,她要说的都说的,要做的也都做了,"接下来,我带你去找那个人。"

后来我才明白,她这时说的是带我去"找",而不是带我去"见"。

"找"和"见"不一样。它们有着不同的血源。

她把小方桌一角的本子放进包里,起身转向门口的方向。

我终于看清楚了那是一个本子而不是一本书。

封皮上除了左下角的一朵小小的铅笔手绘花朵图案外其余地方全部空着。三百五十页或五百页的样子,很厚,小32开,里面是浅黄色纸张,一种很容易就被白色同化的颜色。纸张很薄很韧的样子。

不知为什么,当她从桌上拿起那个本子把它装进手包里时,我感觉她像是拿了一块包装精美的砖头,她把那块她看不见的砖头优雅地装进了手包。我又感觉,她是从桌上拿起了一个不知里面装着什么东西的铁盒,那铁盒的密封是那样得好,以至于里面的东西发出的轻微声响完全传不出来,它看上去、听上去是那么安静,那么笃定于它自身的安静,它就那么自然地被她的一只手从桌面转移进了手包。

在门口,她已经在门外,我又回看了一下小客厅,以及它通向刚才那间卧室的门。那扇门已经关了。我问助手卧室的门什么时候关的?是她关的吗?她说是它自己关上的。

有的门可以自己关上自己,自己把自己关上。

"它用了一种特殊的门轴吗?"我问。

"不是的,"她说,"有些门会用你说的那种门轴,但这扇不是,它没用,就是一扇普通的门。"

"就是说普通的门,不使用专用门轴也能自己关上?"

她瞅了一眼那扇门,几乎是无赖地说:"它不就是么。"

"为什么?"我还在问,"为什么一扇普通的门也能做到这点?它是怎么做到加装专用门轴的门才能做到的事?"

"因为风吧。"她脑后的那根辫子说。"因为风吧。"她那把乌黑的短辫子就是这么说的。

她已经在下楼了。我也跟着踩上第一个向下的台阶。

"我没感觉到有风。"楼梯拐弯时,我困惑地说。

"那就不是风，"她用手摁住身体一侧的包，要它下楼时保持安静。那只包一直在拍打她右胯，她每下一个台阶那个厚重的拍子就拍击一下，"它自己关上的。"

"它自己关上的。"我模仿着她的语气，像是要让这个从她嘴巴里大摇大摆走出来的句子心无杂念地以最短的直线路径走进我的嘴巴，然后驻守在舌尖的守城大将立即号令关闭城门，并派出一队人马将这句话隆重地送往更深处的咽喉要道，这条要道将直达肝、肺、胃、脾等一线大都会，但它们都不在守城大将接到的密令中，密令指示这位大将一旦那句话入城，就将它直接送进位于国家版图右上方的都城皇宫。在那里，皇帝将亲自接待它，并和它细细攀谈。饱读诗书的皇帝只有一个问题，他问那句话："你能告诉我，你是什么意思吗？"那句话不知如何作答。它瘦小的身杆紧张地瑟瑟发抖，它的大脑一片空白。它像一只待宰的小畜生那样拼命地去听屠夫最后说的那句话，也是仅有的一句话，可怎么也听不懂。它那无辜的小耳朵眼儿除了听到一次再平常不过的空气震动，什么也没听见。"我明白了，你走吧，"皇帝想了想说，"你自己当然不明白你自己的意思。人不也都往往不明白自己嘛，何况一个句子。"于是那支队伍又出现了，他们护送这句话原路返回，直至护城大将遵从接到的第二道密令再次打开城门。

现在，那句话就挂在助手脑后的那把纹丝不乱、弹性十足、乌黑发亮的短发辫上。它瘦小的身杆以趴火车的逃犯那样的姿势匍匐在发辫上，它甚至在极短的时间内进化出了壁虎腹部那样的吸盘。

"它自己关上的"，就是说它自己可以把自己关上，它自己可以为自己做主，可以控制自己作为门的身体？为什么别的门不具备那种能力？它那种能力从哪里来？是一直不增不减还是用一次就少一点？那种能力有没有转移到其他门身上的可能？既然它可以把自己关上，它也可以不把自己关上。可为什么它选择了关上而不是选择不关上，让它自己一直敞开着？它为什么选择了一样而不选择另一样？它依据的标准是什么？除了它依据的那种标准，还有没有第二种第三种标准？它知道那些标准吗？知道的话它为什么没有采用它们？

"你在想什么？"她推了我一下。

我发现我们已经站在楼下一辆汽车旁边。车门已经开好，她在等我上车。

我不知道是怎么到了汽车旁边的。我感觉身体还停留在下楼时楼梯的转弯处，她的一只手刚摁上身体一侧的包。她的手让晃动的包安静了。我不记得后来怎么下到一楼，怎么出了楼宇门，怎么从楼宇门那儿一直走，走到距楼宇门约二十步远的这块露天停车场的。

可现在我是确确实实地站在汽车旁边了，我无法相信地睁大眼睛看着自己的手和脚，腿上的裤子和胳膊上的袖子，虽说它们都保持着原样，但直觉告诉我一定是哪儿出了问题。虽然我现在还不知道，虽然那个"问题"现在还隐在暗处，我还没办法发现它、揪住它，但并不说明它不存在。此刻站在我身边的这个女人，迄今为止我在这地方见到的唯一一位同类，似乎很擅长抹掉这些"问题"。

她似乎是出于某种保护原则，不让我发现它们，察觉到它们，她在我身边驱赶着它们，掩盖着它们离开后留下的踪迹。她把那些踪迹揽在怀里，捂紧再捂紧，再找机会集中处理掉。很可能是这样。

不仅如此，她还装出一无所知的样子，维护着一个假象，而这个假象仅仅是针对我一个人，这根维系着假象的绳索这头是我，那头却是整个世界。这副名为假象的有色眼镜镜片里面是我的眼睛，外面同样是整个世界。她就是这副眼镜，她扮演的助手角色就是一副眼镜的角色，或者说她整个人就是这副可以直立行走的眼镜。

8

"我不是不相信你，"我说，"我还是相信你的。"

我在后排坐下,她发动车子的时候,我又提出要坐到前排。

她没回头看我,也没从后视镜看我,她盯着前方冷静地说:"好。"

我在副驾驶的位置坐好,系上安全带。车开了一会儿,她不无突兀地说我坐前面比坐后面好。她说的是她的感觉。可她之前还是安排我坐后面。她说坐后面的话,视线与前挡风玻璃能远一点,反应应该会小一点。

她要我不要一直看前方,"虽然说已经不是白天了,光线要柔和得多,但还是最好少用眼,"她以一位医生的口吻轻而易举地说出"用眼"这个专业医学词语,"眼睛还需要一个适应过程。"

她劝我不时地把眼睛闭上会儿。

"其实也没什么看的,"她说,"看着那么多,这啊那啊的,街道、楼房、树林、天空,甚至天空的月亮,月亮照亮的整个大地,"我不知道她要说什么,但她显然是想说点儿什么,却不说了。

我不知道这个句子该用永远也无法完成的逗号还是马马虎虎收场的句号。

她显然是要说一个东西,或一个东西的某一点,她要说的那个东西就在后半句话里,但她停住了,不说了。

也可能在前面半句里她要说的东西已经展露形迹了。可那个东西是什么,我无从把捉。

"还有大地上的我们。"她忽然又添了一句。在刚才的"月亮照亮的大地"后面。

可还是一个半句,仍不完整。

但我好像已经有点儿感觉了。我不知道那是一种什么感觉,但很显然那感觉通过了我,像一阵从体内刮过的微风,那阵微风以它轻柔的手掌包裹了体内的每个器官,轻抚了每个器官的完整外形。

我想打个喷嚏。喷嚏近在鼻尖却又很远,打不出来。

虽然没听明白她要说的，没亲眼看见她要说的那个东西，却感觉到了它。它就在她没说完的话里，不知什么原因她把它掐住了。不放它出来。

她用嘴巴的牢笼囚禁着它，用牙齿的高墙阻挡着它，用舌头的闸门拦截它，用咽喉的天堑降伏它。它是一头困兽，又是一支被扣留的军队，它是还未显现的能量。

我把眼睛闭了一会儿。我看到眼皮上一团团火红的星云，它们运动着、聚拢分散着、变幻着，一个没有意义的世界。

汽车平稳向前，说了半句话的助手沉默着。

似乎是她手里的方向盘让她沉默着，她两手都握着方向盘，轻微地晃动着方向盘，那种几乎是惬意的晃动不仅没有将丝毫睡意经由她的手指注入她的身体，反而使她看上去更清醒了。

有一刻我相信如果她双手同时松开方向盘的话，她定会接着说到一半的话继续往下说，直至把它说完整。

"我们在往哪个方向走？"我问她。

"南。往南。"

"这儿好像是郊区。"

"是郊区，北边的郊区。大学城这边。这边几乎还没什么街道，都是一条条的柏油路，十字路口，行人都很少。"

"两边还有庄稼。"

她又沉默了，沉默着开车。她不时眉头皱一下。离白天呆的住处越远，离南边的城市越近，越来越多的沉默的黑色素开始在她体内扩散。虽说人看上去没什么两样，但显然是换了个人似的。一种更强大的看不见的东西正逐步接管她的身体，嗯，沉默地交接。

我又闭上眼睛。

她身上有股略微发苦的清香。

我不知道那是一种香水的味道呢还是她的衣服质料的味道，抑或是她汗腺发出的体味。

它们总是从我鼻尖掠过，有时在人中的小坑微微弹跳一下，或回旋一下，才溜掉。

车里有点闷，我摇下一指宽的车窗玻璃。从后视镜看到一个绿点儿变为红点儿。

就我们一辆车。黑暗中的（确切地说以夜空和远处被夜空触碰到的楼房房顶为布景的）一个绿点儿被另一个红点儿取代。一个圆形的红色光斑替换下了另一个圆形的绿色光斑。一个叫红绿灯的机械装置眨了下眼睛。现在它又合上它红色的眼皮，用红色眼皮将绿色眼珠包裹了起来。这双眼睛再次睁开的时候，车辆才被允许通过。或者说，车辆才有勇气和胆量通过。它一旦闭上，车辆就立即被它罩住，整个十字路口的威严冻结了，不论它在前一秒如何滚烫，如何野性。

我在后视镜看到的恰好就是这双眼睛闭上的瞬间。

我看到它那只威严的独眼傲慢地悬浮在那片黑暗中，成为那片黑暗不可侵犯的代言人。它牢牢地占据着那片黑暗，保护着那片黑暗，将那片黑暗几乎是略显生硬地拢进自己的羽翼。正因为它的保护，正因为这位保护人的存在，那片黑暗才得以像一片悬浮在上空的黑乎乎的小水池那样呈现出死一般的寂静。

那是一块特殊的黑暗，一块只有当时安装红绿灯的施工工人、过路的飞鸟和夏夜的蚊虫才进入过的黑暗。似乎它才是那只眼睛，一只巨大的黑色眼睛，这只眼睛隐没在它所在的、更大的、被称之为黑夜的黑暗之海，而之前那双不可一世的眼睛仅是这只巨眼眼球上的高光。

这点高光在后视镜上逐渐缩小，豌豆大，绿豆大，芝麻大，针尖大，黑暗。

"我看到一块黑暗。"我说。

她放着一首歌，不是这个时代的歌手。不是这个时代的配乐和唱法。另一个时代的气息。那个时代与我的少年时代接壤。或者说，那个时代是我的少年时代的一个组成部分。一个当时我不怎么留意、更不会在乎的一个微小部分。它和食物、睡眠一样促使少年体内的酵母发酵，发酵成他基本预期的那样。它通过一根名为时间的管道与少年的身体连接，它源源不断地向少年的身体输送各种信息。

一开始，少年就像一个邮局负责分发邮件的职员那样根据邮件上的地址将管道输送来的信息分门别类，后来，随着几乎要将管道堵塞的信息泥浆般向少年涌来时，少年便不加分辩地将它们统统吞进肚里。过量的泥浆信息不但没有撑坏少年，反而使他更加饥饿。他怎么也吃不饱。他什么都吃，什么都能成为他的食物，唯独那根向他身体输送打包信息的时间的管道，令他难以下咽。

"勿忘我，勿忘我，这幽静的勿忘我"，汽车音响的音频管道里这样唱，"朝朝暮暮……"

一个年轻、忧愁的女人的声音。

声音来自时间那头一具洁净、温柔的身体。

这具因为被囚禁在时间深处而变得完美的身体，此刻正通过汽车音响向我们哼唱她最闪亮的一段生命："勿忘我，哦，勿忘我……"

"她为什么要唱'勿忘我'？"我问。

"是叫勿忘我。"助手的声音。就好像我刚才问的是"这首歌是叫'勿忘我'吗？"

"她现在为什么要唱？"我问。

"嗯？我不明白你的意思。"她显然不是要我再重复一遍，而是把要问的问题展开来问。她觉得我问得太含糊了，太笼统了，她摸不着头脑。

"我是说，我们现在在车上，你开着车，我坐在副驾的位置，现在是夜里，我们正在一座城市的郊区公路上，而这个女人却在唱，唱着'勿忘我'。她加入了我们郊区公路的短途车程，介入了我们这个空间。用一首名叫《勿忘我》的老歌。"

"而且，我们还不认识她，既没见过她也和她不曾有过电话书信来往，对吗？"她看了我一眼，似乎仅仅是确认一下我还坐在旁边，我还是我，而没变成别的什么人或东西。

"是的，很接近我的感觉。"

"那么你要问的是什么？你刚才怎么问来着？"

"我是问，为什么她会在这儿唱勿忘我？她不唱不行吗？并且，为什么没唱别的什么歌而偏偏在唱勿忘我？"

"她想唱呗，哪有为什么！"她笑了。那是我第一次看见她笑。那是一种似乎是认真对待了一件事后发现根本无须认真，觉得自己幼稚的那种笑。

"她为什么想唱？而且还是仅对着我们两个？"

"因为她不想让我们忘了她。她知道我们都健忘。我们也知道我们自己健忘。"

"就是说，她不信任我们的记忆。她对我们的记忆表示担忧，才一遍遍地重复'勿忘我勿忘我'，不让我们忘了她吗？"

"或许吧。"她说。

"可她已经过去很多年了，我是说唱这首歌的时候，这位歌手，她那时很年轻，二十年前了。"

"她在二十年前的时光隧道的那头为我们唱。用她年轻的嗓音，年轻的身体。"她被一种莫名的幸福感染了。

"她不想让我们忘了她的年轻。让我们记得她最美好的青春。"

"于是，她把她年轻的生命用最美好的身体唱进了这首歌，并永久保存了？"

"每播放一遍，那段时光就闪亮一次。或者说，她是用她曾经年轻的身体走进了这首歌，就像其他的身体像走进一间屋子，走进一个菜市场那样，她迈着正常的步子走了进来。只不过进来的不是一个看得着摸得到的空间，而是一首歌。"

"一首歌。"她重复,"然后,这首歌再把自己分发进万千盒磁带,被送进市场的无数家音像店。"

"再被你这样的顾客买到。"

"你是说,"她这时认真地把脸转向我,看着我。

车速已经降到很低,路的尽头仍不见一辆车。仅被路灯照亮的公路——这条城市车间的传送带,将我们的汽车缓缓运往前方。前方的又一个十字路口处,传送带将拐第一个弯,拐弯后,仍将继续它下一个环节的传送工作。就好像我们的汽车自始至终一动没动,轮子只是利用轮毂做出旋转的假象,"你是说,我们听的不是一盒磁带里事前录制的歌曲,而是一个真实的歌手此刻就在现场在为我们歌唱?"她仿佛说了一阵子梦话之后忽然醒来的人那样,睁大眼睛看着我,试图确定自己是醒了还是仍在梦里。

"她只是通过磁带这样一种媒介为我们歌唱。"我说,"就像一个人对着喇叭冲另一个人喊话那样。喊的人和被喊的人都在现场。磁带就是这个喇叭。"

"他们之间没有隔着二十年?喇叭的这头和那头,中间没有隔着一段多少年的时间?你是说喇叭隔开的不是时间,而仅仅是空间的远近?"

我"嗯"了一声。我说就像一个人用喇叭冲另一个人喊话。喊的人和被喊的人都在现场,在同一时间。

"可时间明明过去了二十年,这二十年中确实发生了很多事情,它是实实在在的二十年,怎么可能不存在呢?"

"它是存在的,但不是以你认为的方式存在。"我说,"时间也不是你认为的时间。"

她没再接着往下问。

我不想说时间这种东西。尤其是我知道的,我理解的,我经验的,我确定就在我自己身上的时间。

她不再注视我，不再用一种平静的目光探询我。

她把脸转回去，继续直视前方的挡风玻璃，并毫无察觉地穿过挡风玻璃直视前方的路面，路面两边隐没在黑暗中的没有给出名字的树。

后来她又重复了一句白天我卧床时她在床边似乎是说给自己听的话，她说我是一个真实的人。

这话听起来有点怪，好像她和这个世界上的人都不真实似的，好像这个世界上的人包括她在内都不是真实的人似的，好像我是完全独立于这个世界之外的一个与这世界完全格格不入的东西似的。

我想听她说说她理解的"真实的人"。

我问她"我是一个真实的人"，这句话说的是什么？你说这句话是要说一个什么东西？你要说的这个东西，这个实实在在就在这句话里的这个东西，你现在明明白白地告诉我的话我能听明白吗？我能理解吗？如果能理解的话，我能领会吗？

她没有立即回答我。她让自己置身于久久的沉默。这种沉默类似于刚过第一个十字路口我在后视镜里看到的那只红绿灯所在的黑暗。它是她的另一种氧气，另一种存在空间，一种随身携带的微型居所。

汽车拐过弯，开始往南走。

"接下来是一个很长的下坡，有好几公里长。我们现在是在城市的北郊，刚才我们就是从北边来的，当然，也一直在下坡，只是坡度太小太缓，基本上感觉不到。刚才我们等红绿灯时，对面就是高速公路的入口，您看到了吧？有些车在那儿排队等着进入。"不知为什么她像个导游似的给我介绍了一通。

可能是她觉得气氛过于沉闷，也可能出于别的想法。

汽车穿过一个桥洞，一路下坡，坡度不是很大。

果然很长，几乎望不到尽头。

路上的车辆多起来，似乎是瞬间从街道两边的小街小巷有准备地涌出来似的，我们的车子随着车流缓缓向前。不断有后面的车超过我们,她不提速也不减速,一直保持一开始的速度。

"很多路灯都坏了。"她说,"街道不时会陷入黑暗中,而它上面跑动的车辆却用车灯在那截短短的黑暗的黑面包上打着筷子粗细的洞。"

"也没人修。"我说。

"一直就这样,很长时间了。"她说,"维修工都返乡了,回农村收玉米,秋收,因为路途遥远回来一趟不划算,开了春才会回来。"

"也不仅仅是不划算。"她接着又补充说。却没说出原因。

她总是习惯于说半句话。这反而让我频繁地进入自己的沉默。

我对她的聊天内容没什么兴趣,也不想附和她。于是我问她我为什么会在这儿,在这个城市,和她在一起。也就是说,我来这儿是干什么来了。她似乎突然被我推了一把又立刻稳住身子似的说:"你来这儿是要见一个人。一个叫山葱的女人。本来你是要去很多地方的见很多人的,但现在看来你只需要去一个地方见一个人就行了。"

"我为什么要见她?"

"你来这儿就是为了见她。"她说,"不然你也不会来这儿。"

"等于什么也没说。"我说,"我问的是她有什么值得我去见的?我要在她那儿干什么?"

"你的记忆还没有恢复。或者说,还没有开始恢复。你现在是失忆状态。你会想起来的。"

她停住车子,等绿灯。

她摇下她那边的玻璃,吸了几口外面的空气,又随即摇上。

9

我的记忆还没有开始恢复,如她所说。

就是说,现在的我和过去的我失去了联系。我和我对接不上了。

"那什么时候才开始恢复?"

"24小时之内,"她说,"明早六点之前。"接着她又说有可能一见到山葱就开始恢复了。

我问为什么,她说没有为什么。

"不是什么事情都有个为什么的,"她就是这么说的,"我不相信什么为什么。"

那么,好吧,先就这样吧。面对这个完全陌生的世界,暂时先泰然任之吧。我现在要做的只是安静地坐在车上,看一会儿外面,再闭上眼睛休息一会儿。

我又一次闭上眼睛,调整了下坐姿以便坐得更舒服点儿,然后很顺利地就开始与一个我随身携带的被我称之为柏拉图的小东西对话。

我已经忘记它很久了。刚才汽车过一个减震带时冷不防把它从我内心深处的某个角落颠簸了出来。

"你还记得你以前怎么称呼我吗?"柏拉图问。声音听起来很弱,但又透出一股说不上来的顽强劲儿。

"我叫你柏拉图。"

"你还记得啊,我都险些要忘了呢。"

"你最近怎么样?我现在失忆了,记忆还没开始恢复。"

"你不是已经想起我的名字了吗?"

"对呀。"

"说明记忆已经开始恢复了。我们现在是在哪儿?"

"我不知道。眼下的情况就是这样。一个自称是我的助手的女人正带我去见另一个叫山葱的女人。"

虽说在行驶的汽车上,我却感觉平稳地坐在地面上,一片荒野里,一座寺庙里。你将见到的,如果你不去,它们也会自己找过来,出现在你的面前,也就是说,它们将把它们自己委托给一只无形的手,将它们自己托到你眼前,让你看见它们,感觉到它们近在咫尺的存在。

我内心的声音,那个叫柏拉图的小东西,它知道的比我多。失忆并未波及它在我体内的处所。我想和它好好聊聊。

助手把车停在路边。她说一路上没有休息,她要休息一会儿。她把车停在非机动车道右侧划好的车位。不时有骑自行车的人从我们左边的窗外大鸟一样掠过。

她不会打呼噜。她胸脯睡着后均匀地起伏着,像是有个生命在里面涌动。

我问柏拉图知不知道我们在哪儿?在一个什么样的世界?因为我的助手说这是一个新世界,即便它一片狼藉对我来说它也是全新的。你知道这其中的原因吗?我怎么就到了这儿,怎么就失去了和过去的联系?

"也就是说你不知道自己的身份,你在这儿干什么,你是谁。"柏拉图说。

"是的。"

"我来帮你回忆一下吧。不久前,或者几天前你见过一个女人,一个自称是作家的女人,她带你去了趟超市,然后又带你去她的住处待了一宿,第二天又一块儿吃了顿没吃成的饭,再后来你就在这儿了。你有印象吗?"

我摇摇头。

"那我就再说说。你和那作家女人签过合同的,帮她检修一部小说。我记得她说那部小说还是有些问题。我怀疑你现在就在那部小说里。"

"我好像隐约想起了一点。"

结果还是什么也没想起来。我被记忆遗弃了。也就是被之前那个完整的、丰富的自己遗弃了,现在的我只是一个白板一样的人。

我问柏拉图还在不在,它吱唔了一声。我像酒醒的人那样忽然对眼前的事来了兴致,问它对山葱了解多少,对我身边的助手又了解多少。

它完全不了解山葱,"倒是眼前这个女人,她是带着目的来的。"它说,"她的目的很明确,却不简单:她想知道她自己是不是一个真实的人。注意,'一个真实的人'。这个"真实"当然是她自己理解的、认为的"真实"。她之所以认为'自己是不是一个真实的人'这件事如此重大,可能是因为她对自己身处的世界(也就是我们现在置身其中的世界)起了疑心,她在和一些小物件打交道时,和很多人打交道时,接二连三地发现那些物件和人有轻微的不真实感。也就是说,她由物和人开始,怀疑到世界,继而又怀疑到自己身上。她质疑自己的存在。她想知道自己存在还是不存在,存在的话,又有百分之多少在存在,而另外的部分又是一种什么状况。"

它说这个女人,"她在你身上感受到了一种她一直在找的东西,一种可以被她用来作为'存在的标准'的那样一种东西。依靠这种东西,她就有可能把自己'判断'出来。这种东西她显然在别的人身上没有看到过,也没有感受过,她称它为'稀有物质'。你就是带着这种物质来的,虽说它并未在你体内像血液一样布满全身,但也着实占据了大部分的身体领土,它们甚至不经意透过皮肤发出微光。这使得她在见到你的第一眼就将你认作了一个富含稀有物质的矿藏。她忠诚于你,同时她也凭借于你,依赖于你,只有通过你她才能见到山葱,一个领会者,一个醒觉者,一个'自在'者,一位神圣者。"

它的声音也随之神圣起来。

助手还在睡着。

我注意到她的一个小动作:入睡前她不仅关闭了全部车窗玻璃,还拔下了车钥匙放进口袋。我不仅没觉得空气沉闷,反而奇异地感受到了一种仿佛就在她卧室的温馨。此刻,她伏在方向盘的窗台上,窗外不息的车流都离她远去了,一个看够了窗外车流的女孩,来不及回到床铺就在窗台上睡着了。

她的腰很细，里面卡着一个问题，那个问题让她托举出她的整个生命来面对，来解答。

她想知道的是：她是真实的吗？她是不是一个真实的女孩。

如果是的话，她将赢获一个属于自己的名字。她将为自己赢获一个名字。

"我有几个问题要问。"我对柏拉图说，"你还在吗？"

"问吧。"

"你是谁？"

"我是你'内心的声音'。"它说。

"你是我吗？"

"不，我是另外一个你。"它一贯胆怯的声音里生出一丝坚定。

"另外一个什么样的我？"

"你没见过的，或者说因为无暇顾及而错失的另外一个你。我们没见过面。我这样说的意思是，你没见过我，而我却一直在陪伴着你。你看不见我。你没有见过我一次。"

"我在跟你交谈不算和你见面吗？你又没有形体。"我说。

"不一样的。虽然我没有形体，但还是可以看见的。当然，这个'看见'不是用肉眼看见。确切地说，需要一双'心灵之眼'。"

"是感受吗？"

"不是感受。感受只能感受外面的，也就是外在于你的东西。而且，感受是主动的，像做一件事情似的，不行的。"

"那不是感受是什么？"

它沉默了一会儿，说"我也说不清，不过你可以来我的世界看看。"声音弱下去，消失不见。

10

  我犹豫要不要叫醒她。她趴在方向盘上，睡眠让她退化为一只软体动物。这只浑身上下被一种莫名香气缠绕的我叫不上名字的软体动物的两只前肢附着在方向盘上，胸口和胸口以下的部分因为无法将自己托举起来托举到方向盘的高度，像是一条架在方向盘与座椅之间的柔软的桥。不知是因为气候还是地势的原因，这座软桥的桥身有规律地起伏着，惬意地自己摇晃着。

  "我睡了多久？"她醒过来，坐起身子。

  "我要下去一下。"她理着头发，似乎是确认一觉醒来头发还在不在似的，"透透气，马上上来。"

  我看着她座椅上被臀部压下去的一大片无法称之为坑的状况渐渐复原。我还注意到方向盘上残留着一点闪亮的口水。那点口水像一面精力充沛的小镜子，不可遏止地反射着接收到的任何一点光。

  也可能，它看上去的那种闪亮根本就是它自身发出来的，也正因如此，很可能它已经把自己变成了另外一样东西，将自己质变为另一种与小圆镜没有关联的自我发光体。

  它自身就是能源，同时也是发光体。

  我有一种用手指过去抹它一下的蠢动。我想碰它一下，接触它一下，也想闻闻它的味道。就好像它不是经验告诉我说的无色无味，而是富含某种我一旦错过就再也无缘遇到的一种奇异的味道。甚至，我都想把头伸过去把舌尖伸向它，尝试舔它一下是什么感觉，虽说它已然丧失原初占据那里时的温度。

  事实上，我只是机械地抽了张纸巾把它擦掉了。

  她回来后，看也没看我，直接发动车子，将我们连同车子一同汇入似乎是黑暗本身吐出的车流。

她问我睡没睡，我摇头。

"那你闭上眼睛让眼睛休息会儿"。

我闭上眼睛，感受着开始向耳朵敞开的那个声音的世界。就那么过了一会儿，我开始闭着眼睛问她，我说我们这是要去哪儿，她说去找山葱。我说"山葱在哪儿，去哪儿找？"她说了两类地方，"图书馆，要不就是中药铺。"

"就这两个地方吗？"

"也不一定，也可能在别的地方。"

我问她图书馆和中药铺有什么关系，她说要说有关系，那也是因为她才有的关系。

"什么意思？"

"我的意思是，她既可能在图书馆也可能在中药铺，图书馆和中药铺才有了关系。它们的关系是通过她建立的。她经常去那家药铺。"

"经常去那儿买药吗？"

"不是，就是去坐坐。她认识药铺老板的儿子。"

"哦，"我不再问药铺老板的儿子的情况，我对图书馆更有兴趣，"她去图书馆看书吗？"

"是被人看。"

"我不明白。"

她沉默了一会儿（显然是沉默，而不是无话可说），才说："你会明白的。"

我睁开眼睛，不再有问题可问了。我问的问题她已经给出了答案。"你会知道的。"就是这个意思。"答案会揭晓的。"或者是，"你什么也不用管，你不必那么急于知道它，在不恰当的时间知道一个重要的东西未必是好事。"类似这样的意思。

我睁开眼睛，看到她右手边的车内隔断围护着她的身体，将她的身体与我的隔开。

我看到她嘴唇紧闭，同样看守着没说出的话。

我看到她窄窄的两边肩膀同样承担着抵挡他物和他人挤压的职责，如同两块质地优良的砖石。

我看到一具身体在汽车的方向盘上缄默地劳作，目视前方挡风玻璃上呈现出的一幅不断变化中的连续图像。图像中的那些事物不仅没有对挡风玻璃造成损伤，甚至它们都接近不了它，它们每每在就要触碰到它的时候就自行滑开了。这一刻，它们只以图像的方式展现着自己，把自己送到我们眼前，任我们的目光有意无意地将它们抚触。

一滴鸟屎像被人投掷过来似的拍打在挡风玻璃上。我的司机、我的助手、我沉默中的向导，用雨刮器和玻璃水将它清理掉了。

"有只鸟。"她说，"刚好有只鸟飞过。"

"刚好落在我们的车玻璃上。"我说。

"刚好从我们车上方飞过。"

"回巢的鸟。"

"天空就是它的活动范围。巢穴就是它的栖息之所。"她说。

其实我想说的是，一只在空中任意大小便的鸟，在空中，即在世界的头顶不分时间不分地点地、任意地解决生理问题的感觉，是一种什么感觉。

"快了，"十字路口的红灯指示屏倒数还差五秒时，她说，"我们左转再走不到五分钟就到了。"

她说"我们"这个词时，我感觉已经和她拥抱在一起了。

我们似乎是在共用一个身体。

"我们"，给我一种"我和她是一样的"，或者"我和她虽然是两个人，但在某种意义上是一个人"，"虽然在某种意义上是一个人，可实际上又不得不是两个人"，再或者，"我和她虽说是两个人，但有一种不是很明确的、含糊的东西将我们牢牢地捆绑在一起，胶着在一起，成为一个共同体"。

她说这个词时，这个词向我显现了一股力量。

　　这股力量显然大于我的全部力量，因为我的全部力量经由这个词已经被安放在其中了。

　　我们是什么？我们是被扣留在黑暗中的人。

　　我们是被黑暗扣留在它的领地的人。

第五章　柏拉图

1　糖的真相

　　柏拉图想吃一种糖。那种糖只有她自己有，她却不知道。她满世界地找那种糖。很多人认识她记得她就是因为她的糖。我是她最不好的朋友。我不会告诉她糖的真相，哪儿能找到她要的糖。我在等她的第一根白发。那根白发会把她身上的糖瞬间抽走，点滴不剩。到那时，我会告诉她她要找的糖已经返回了甘蔗、花朵、果子、小麦里。糖就在这四样东西里面，哪儿也不在。我会告诉她如何从甘蔗里提取蔗糖，如何从花朵里采集蜂蜜，如何用果子做出果糖，如何用小麦制作饴糖。我还会告诉她如何用这四种糖调出第五种，第六种，但我不能保证会调出她要的。不过，她当然不会相信我。她不愿意。我说过，我是她最不好的朋友。

2　一句歌

　　柏拉图想唱一句歌，怎么也唱不出来。她找到我，要我帮她唱。

我唱出了平时想唱却没唱出来的，一首接一首。帮人唱歌的感觉太好了。

她把我带进西边的林子，要我躲起来。我躲好后，她试着唱，试了好久还是不行。

于是改为我带她去南边的山冈，改为由她藏起来唱。结果天都黑了，她都没咳嗽一下。

回来的路上，她不走了，要我陪她在路边的草丛睡觉。她说入睡后将在草丛里唱出那句歌，她要我亲耳听到。

我比她先睡着。她后半夜问我有没有听到，我说没有。她急得不知如何是好。她说她好像在一阵莫名的夜风吹过的时候唱了出来。我不相信。她都急哭了。

一天，我们同时醒来。我听见她嘴里呜哩呜啦的。她也发现自己似乎在唱，嘴巴在动个不停。

完全清醒后，我们都没在意，一个巧合的梦罢了。

3 元凶

柏拉图把自己绑了起来，谁也不让解开。她说谁解开谁就是凶手。我不想成为夺走她自由的凶手，也不想有此嫌疑，就把自己也绑了起来。

她蹦蹦跳跳地去洗衣间取衣服晾晒，我则寸步难行地坐在马桶上打着瞌睡。几乎是不约而同地，她把洗衣间当作了囚室，我把洗手间变成了牢笼。她把洗衣机的内桶当作斩首后承接她头颅的器具，我把马桶想象为遭处决后的自己人头的归宿。

她说下辈子再不洗衣服了，再不当女人了，想不到死了，死了最后死在洗衣机身上。我呢，我当然不能说下辈子再做男人的话难保还死在马桶上。

她提出要给我松绑，可刚说完又反悔说那样的话她得先解开她自己，她做不到。

她把整个上半身都塞进了洗衣机，她在里面瓮声瓮气地要我按下洗衣键。我把头塞进马桶却无法指望她的一个冲水按钮就能让我身首异处。

我决定作夺走她自由的凶手。我咬着她背上的绳子把她从洗衣桶里拉出来，又咬着她前胸的绳结将她拉出洗衣间。我背对着房门开了门锁，又转身从身后抓住她的手，一路倒退着把她拉到楼顶。

在楼顶，我建议结束这一切。我将毫不犹豫地先解开自己再解开她，并承认我就是毁掉她人生的元凶。可结果却发现为时已晚。当我摸到身上当初在绳子末端打的死结时，它已经长进了肉里，再无法解开。

从楼顶下来，洗衣机女士柏拉图和她十恶不赦的马桶先生看了场电影似的，又回了之前的家。

4 手写日记

柏拉图要去很远的地方旅行。她准备了充足的水和食物，末了，又来问我借一本日记。还是说在路上看，在飞机上火车上长途汽车上，甚至不排除在山间小道的马车上看。她习惯一个人的时候看我的日记打发时间。有次她说和我在一起的幸福，就是有源源不断的手写日记可看。

可她总是在途中将日记弄丢。一本两本，五本六本，借走几本就会弄丢几本。这次我说没有。她不信，要去书房找，被我拦住。她要推开我，被我推开。她要出去扒书房的窗户，我挡住门口。她要施以美色，被我严厉喝止。她把自己灌得烂醉，我递热毛巾给她。她在地板上打滚撒泼，我沙发稳坐。她入睡后用梦话再三央求，我只是装睡。早晨她妆化到一半数次被眼泪破坏,我也视若无物。她说我变了,我说我没变。她说我不爱她了,我说我没有不爱她。她提出分床睡,我开始睡书房的单人床。她说我们的感情破裂了,我说没有破裂。她提出离婚,我随即在协议书上签字。她又要复婚,我说有条件,不许再借我的日记看。我强调:尤其是手写日记(虽说我只有手写日记这一种)。她不同意,那就免谈。

郁郁寡欢的柏拉图带我重游她旅行过的那些地方。她必须找回那些她遗失在加油站、旅馆、饭店、景点、公共卫生间、超市的,借来阅读曾承诺归还的手写日记。

5 温柔

柏拉图有好几种温柔。她把它们藏在腋窝,藏在肚脐。她有两腋窝和一肚脐温柔。她走路的时候胳膊甩得都不是很开,仿佛夹着两本小册子。和她去游泳,她都是仰泳。她说只会那一种游法。我有时信有时不信。

柏拉图给每一种温柔起了名字。她把那些名字用小纸条写好,贴在对应的温柔上。每个月她都按时给它们换新名字。名字只会越换越好,从不退步。换下来的旧名字,她用一个专用的空白小册子细细夹好,再锁进我永远也想不到去翻翻看的女用首饰箱。

那些温柔,她并不都随身带着,有时是一种,有时是两种。不带的那些她通常会锁进衣橱最上面的一格。她豢养它们,在我永远也想不到去打开瞧瞧的地方。

她为它们除尘,为它们补给水分,为它们划分活动范围,确保它们健壮、清爽。

她从不曾令它们倾巢而出,一次也没有。尤其是被她安置在衣橱最深处的那种。出于采光的考虑,她甚至为那种纯度最高的温柔额外开了扇小窗。现在它就在衣橱的后面，有黄豆大小。

我不知道她如何称呼这种温柔。那一定是所有名字里最适合的。没人能为它想出第二个名字。所以，它的名字始终是唯一的，没被更换过。

说实在的，柏拉图豢养的这种温柔分明不是拿来用的，它更适合拿来等待。

6 尿床

柏拉图尿床了。换床单的时候，她戴着上次旅行买回来的羞愧面具，穿着宽大到足以将她整个人吞没的黑色羞愧服，戴着一双内部设计有毛刺的羞愧手套，一对能见度仅为半米的隐形眼镜，她里面穿的是条当抹布用过一周的褪色内裤。

柏拉图尿床了。她先把我支到客厅，第一次为我沏好茶点上烟，甚至，她还把我昨晚睡前看了一半的书翻到看到的页码，递到我手上。总之是要我给她点时间，十分钟，不，五分钟。五分钟就够了。她需要五分钟来清理现场。她需要五个小时来理清头绪。然后，然后用五天（至多五天，不能再多了）时间来调整心态。她将由一个大小便无法自理的女婴飞速成长为一个成熟的年轻女人。

她一定是梦到了洪水。毁灭一切的洪水，邪恶狰狞的洪水，倒转过来的海一样恐怖到令她窒息的洪水。

柏拉图开始穿纸尿裤。白天街上汹涌的人群让她小便失禁。夜里窗外持续不休的车辆呼啸声也让她频频失控。睡在她旁边，我都感觉像是睡在养老院。

柏拉图不再羞愧。她摘下羞愧面具，卸下身上武装的其他羞愧装备。她开始承认自己需要男人保护。她说她现在如此地亲近自己的性别还是头一遭。

她叹口气,轻声说出世界对她的欺骗(她发现的真相):原来,柏拉图一直都是个软弱的女人啊!

7 毒酒

柏拉图为自己调了杯毒酒。我说我先喝,她不。她说可以让我尝一小口。我要喝半杯,至少。她捂着酒杯揽进怀里,说不公平不公平。

我用自己的血做了杯血酒。我和她换。她有些吃不准。我说换半杯,一杯换半杯。她勉强同意。

我捧着半杯毒酒,柏拉图捧着半杯毒酒和一杯血酒。她捧着血酒的手腕有些吃力。她把血酒稍稍举高,说:"要不要……我再分半杯给你?那样就一样了。"我说不要。我不喝自己的血。它就是给你做的。

她用自己的血给我做了杯血酒。她往手腕上缠着纱布,说这下好了,我们一样多。

半杯毒酒我一饮而尽。没反应。她示意我喝剩下的血酒。我说没必要了。她坚信喝完血酒才算完整地喝了毒酒,毒酒的毒性才会发作。真是愚昧。愚昧的女人。我说你的血酒只会让我更清醒。你调的毒酒毒性太差,太拙劣。她不承认,坚持要我喝血酒。我无谓地一口吞下。嘴巴顿时鲜血淋漓,那样子,就像刚从柏拉图身上啃了块肉。她惊悚地看着我,我说轮到你了。

她考虑要不要放弃血酒。我肠胃里经过血酒浇灌的毒酒发生了变化。毒酒嗜血的毒性被激活了。

8 纯玩

柏拉图在纯玩。在自己玩。纯玩的柏拉图才是柏拉图,才是我认识的柏拉图。才不是那个有点陌生有点疑惑有点无奈的柏拉图。

为了纯玩,她会事先把心情搞得很糟。什么也不想干,哪也不想去。坐着别扭站着又难受。深陷一种不想存在的情绪。生出一种无法做到不是自己的怨恨。想突然人间蒸发,想打自己耳光,想用水果刀将自己戳得稀烂,想跳进马桶奔向大海,想去理发店剃光头,想大喊大叫胡言乱语被人当作疯子,想去养老院住一阵子,想做一个自己设计的春梦。

开始纯玩。用嘴巴将一块胳膊哈热,哈到最热,再用扇子把它扇凉,扇到最凉再哈热……用右手小拇指的指甲从左手的指甲里抠点小东西,再将其转移进左手小拇指的指甲,再转回右手无名指,再转去左手食指……清理肚脐的污垢;清点身上的痣;合起左右手的掌纹使之完全重合;抠木桌上的缝隙,把一根头发熨帖地放进去,为它举行隆重的下葬仪式;喝很多水憋尿;把牙签在面前摆好,用烟盒的锡纸取代牙签清理牙缝,想象牙签和锡纸接下来如何相处。

9 金鱼

柏拉图有一条金鱼。柏拉图缺一个车位。

柏拉图的金鱼在塑料脸盆里待过一年。柏拉图的车位还是花池。

柏拉图的金鱼每天都会围着脸盆转无数圈。柏拉图的车位那儿,有人除草,有人浇水。

柏拉图的金鱼后来有了一个不大的鱼缸。柏拉图的车位那儿,有小偷在夜里跑过。

柏拉图的金鱼有了三条金鱼朋友。也可能，它们不是朋友，是仇家。柏拉图的车位那儿，有飞虫为一朵花大打出手。

柏拉图的金鱼朋友或仇家和金鱼相安无事，只是鱼缸不断生出绿藻，绿藻不断把鱼缸糊住。柏拉图的车位那儿，有人在打一口井。

柏拉图的鱼缸被藻类侵占，藻类有天晚上对睡着的柏拉图说它们要挑选一条金鱼吃掉。柏拉图的车位冒出一眼喷泉。

柏拉图的第一条老金鱼遭了三位仇家的毒手。仇家可能也收到了藻类的警告。它们咬破了它的肚子。柏拉图的车位上，有人在洗衣服。

柏拉图把奄奄一息的老金鱼和残害它的凶手倒进家门口的水库。柏拉图的车位上，有人在喷泉下面埋了雷管。

柏拉图任由空鱼缸里的藻类慢慢干掉，落满灰尘。柏拉图的车位那儿，积了一大坑雨水。

10 炸弹

我在炸弹里挖了个洞，住了进去。我叫柏拉图也搬来住，她爽快地答应了。她没问我关于炸弹的事。我对炸弹也没什么了解。我只是好奇它竟然那么大，绕着跑一圈，都可以出趟远门了。

柏拉图倒不觉得大有什么了不起，她说炸弹就应该那么大。她感兴趣的是它竟然能那么圆，比我之前给她做的任何一个耳环都圆。

我们围着它跑了一圈又一圈，太阳也围着我们升起又落下，落下又升起。

我想带柏拉图到炸弹的最高处看看，最好能看一次日出。我要修一条通往它顶上的路。

秋天我将它四周的枯草连根拔起彻底铲除。冬天我将南边那片林子里所有的树砍了回来，用它们做成一架超级长梯。我将做好的通天长梯架上炸弹。结果是越往上爬长梯晃得越厉害,我喊叫着掉回地面上柏拉图的棉花堆里,掉在柏拉图旁边。她在棉花堆里熟睡,竟然没被吵醒。

她建议我从炸弹内部入手,将笔直长梯改为旋转而上的螺旋梯,那样,我们就可以由客厅直达炸弹的天灵盖。

一夏天我都在炸弹里挖隧道。到处是炸药,除了炸药还是炸药。柏拉图负责将我堆在门口的炸药转移到已经消失的小树林那儿。

我越挖越深越挖越高,最后挖到了一块铁。我知道它就是炸弹的天灵盖,我们以后要站在上面看日出的地方。夏天就那么结束了。

终于,长梯改好搭好,从客厅的一角上去,爬到尽头却会被一块铁板挡住。

柏拉图用那块铁板做了一盏吊灯。那盏吊灯穿过漫长的螺旋楼梯一直吊进客厅,一阵微风都能让它晃动好几天。

11 吃掉它

柏拉图要吃掉自己的人生。她说这样的人生真是太不好了,太遭罪了,太龌龊了,不值一过。我劝她出去散散心,一趟短途旅行也好。她说她真正想要的是一趟有去无回的以这个世界为起点的远行。

柏拉图要吃掉她自己的人生。之前,她吃过一条毛虫,一只蝴蝶,一条金鱼。当时我都在场。我不相信她能一口吞下她连看都看不完整的人生。我建议她独处一段时间冷静冷静。她突然咬住我的胳膊,威胁我要把它咬下来。

柏拉图要先吃掉那个人生的布景。那些花里胡哨的东西,那些华而不实的东西,那些别人的东西,那些劣质的东西,那些散发着毒素的东西,太多的一无是处的东西,混账的东西。

柏拉图要先拆掉被她称之为"人生的舞台"的那个东西。她把所有的房间用白灰圈起，把房子周遭的情况拍进相机（她甚至毫不迟疑地动用了望远镜，拍了拍更远处的情况），然后出去找背着大铁锤在城里游荡的人。

七八个大铁锤如愿以偿地拆掉她指定的"人生舞台"后，她命令他们不要松懈，继续换铁锹往下挖，她要挖出那舞台的地基，看看地基下面都埋了些什么，什么样的地基一直支撑着谋算她人生的舞台。

从那以后，我再没和柏拉图说过一句话。她已经不需要任何劝告了。

12 哀愁

柏拉图摸到我，在黑暗中问："是你吗？"我说是。她退了回去。过一会儿，她又摸过来，摸到后又问同样的话，我回答是，她才又退回去。我不知道她在干什么，她也没有解释的意思。我隐约感觉到她是在确认一样东西，她甚至问了那样东西一句话。

柏拉图在黑暗中摸到它，问它冷吗？它说不。她卑微地请求它继续留下来，让她一伸手还能摸到它。它不回应。

柏拉图摸着黑暗中摸到的东西，一遍又一遍。她不死心地又一次请求它留下来。还是没有回应。

黑暗中，柏拉图对我耳语她的哀愁。我劝她早点睡，天亮就好了。她不听，开始摸着黑找水喝找东西吃，甚至，她还搜出一块满是灰尘的魔方，擦也不擦地玩了很久。

13 有一天

有一天，柏拉图会要我教她走路。她忽然就不会走路了。只会坐着。在车里，在家里，任何有座位的地方坐着。她忘了走路的感觉。

有一天，柏拉图会要我教她唱歌。世上的歌都躲得她远远的，她哼一句都不行。她被那些歌放逐了。有一天，柏拉图会要我陪她到窗口看一次日出。她恐怕连"看日出"是一样东西还是一件事情都搞不明白了。

有一天，柏拉图变得只会说一个字，她开始在一个单字的世界里生活，庆幸的是，那些字都还靠得住。有一天，柏拉图会说完她的最后一个字，不再说话。之后，她用含糊的手势支应她的日子。有一天，她的手也无法抬起的时候，她会用一阵沉默和我道再见。她将滑入深深的梦境，不复醒来。

有一天，柏拉图不再让我为她解梦。有一天，她梦境的银幕变得一片空白。

有一天，柏拉图开始不经意地出现在一些地方。一片山坡的光影中，一株植物的叶片上，一只毛虫蠕动时弓起的背上，一次远行途中，一棵果树的树梢，一只鸟的腹中，一辆车的车顶，一条擦车毛巾上，我的指甲缝里，我们卧室的床上，她的枕头上。

14 绿色不明物

在植物园门口，柏拉图摔了一跤，把牙给磕掉了。她恼怒地跳进湖里，径直往湖心游去。在湖心，她碰到了最凶猛的鱼虾群，并陷入了最阴险的水草丛。上岸后，我发现她已经活吃了一肚子的鱼虾，并且还换上了一身丝丝缕缕的水草装。她哭出的眼泪竟然都是绿的。

晚上洗澡时她在浴室喊叫说身上多出了很多绿点，怎么洗也洗不掉。很快，那些绿点变成黑色，像是一颗颗排列整齐的痣。

那是湖水赠送你的刺青，给你留的纪念。我说。

可它们现在烧得厉害。她表情扭曲地说。

这次小诊所也不用去了，直接去大医院。我拉起她就往医院跑。

可医院的大夫说没什么大碍，开了两副中药了事。

给她熬中药的时候我睡着了。醒来后我并没看见柏拉图在喝中药，我看见的是她正把一只胳膊放在火上烤。火焰已经被她拧到最大，她像烤一条鱼那样翻过来倒过去地烤着她的那只胳膊。我一把将她拉倒在地，继而发现她脸已被烤得焦黑血肉无寸，只有几颗绿色的小颗粒粘在骨头上。我把她扔进浴缸，满满一缸洗澡水瞬间蒸发一空。我打开全部龙头并开到最大仍无济于事，水一接触她就化为蒸汽升向天花板。她身上的血肉按仿佛事先设定好的速度在匀速消失，不断露出一处又一处的白骨，每处白骨都粘着些绿色的小颗粒。

柏拉图彻底消失了，不见了，我能看到的只是一具没有任何特征标明它就是柏拉图的骨架，和几十颗豌豆大小的绿色不明物。

15 老虎

柏拉图变成一只老虎要把我吃掉。我躲进洗手间，它开始扑洗手间的门，扑开后它脸撞在门后的洗手池上，我趁机逃到书房。它又开始扑书房的门，一次比一次用力，刚扑开我就跳窗逃走了。

它一路追到大街上。我在人群里穿梭，它在汽车道上狂奔。在十字路口，一个交警把它拦住了。它既没驾照，还严重超速百分之二百。这还不算，它竟没按规定悬挂车牌就上路，被开了好几张单子。它要走，交警不放，说要先把车扣下。它说它不是车，交警说不是车是什么，除了车没有东西能在超车道上超速百分之二百，就是把车改装成宇宙飞船也要遵守交通规则。

柏拉图几次试图逃走，都被交警拿住。后来，交警直接把它一条腿在一棵树上锁了。她打电话要我救她。我已经跑去汽车站坐上车而且车已经开了近半小时，我只想离它越远越好，把它甩得越远越好，我怎么可能颠回去救它。

可电话里确实是柏拉图的声音,不是老虎那种呼噜的喘息。我下车改搭对面的车回城,赶到她被锁的那个十字路口。交警已经下班,人们也都回了家,街上没几个人。柏拉图在一棵银杏树下抱膝坐着,两只脚踝裸露在外,没什么牵绊,仅仅是手里捏着几张单据。我抱她回家,路上她没说一句话。我不知道回去后她又会变成什么。

16 异人

后半夜尿急,却爬不起来,身体接触床褥的部分变成吸盘,牢牢吸在床上,胳膊一点劲儿也使不上。眼睛也睁不开,上下眼皮长住了,长在了一起,留下一条仔细摸才可以摸到的细纹。

顾不了那么多,索性摸着下床,出了屋子和院门,一路摸着巷子一侧低矮的土墙走。走一截,就不死心地两手掰一掰眼皮,试图将它们分开,始终没成功。摸着土墙走到尽头,前路失去依赖,最后一次用一种试图故意将眼皮扯烂的力道又在眼皮上鼓捣了几下,竟然可以看见了。同时眼皮也被扯烂了,有块多出来的上眼皮血糊糊地垂下来,不时遮挡到视线,下眼皮又缺了一块儿,里面聚着浅浅一小坑血。我把那块上眼皮不停地撩上去,它又不停地垂下来。却没法再将它扯掉,真是烦透了。

我在那个似乎被看作是村里的广场的一小片空地转了一圈,没找到适合小便的地方,却看到三五个看上去很清爽的人从远处走来。他们走得忽聚忽散,也都不说话。月光照在他们身上和头顶,月光就显得格外皎洁。我急忙回到来的巷子,靠着土墙,决定对着土墙解决问题,却没尿出来。那三五个似乎是无目的地走着的人离我越来越近,我越发惶恐。后来终于尿出来后,却变得怎么尿也尿不完,那几个让人脊梁骨发冷的异人就要过来了。

他们离我越近,我越清晰地感觉到他们好像看不见我。我提着裤子顺着土墙根往回快走，在他们追上来之前我顺利地溜进住的院子。可院门的插销怎么也插不上，我的手抖得厉害，插销本身也有问题。我屏住呼吸猫在院门里眼睁睁地看那些人走过，低矮的院墙只抵到他们每个人的肩膀。我以为最后一个走过时会突然扭头看见我，结果没有。这时我才发现天快亮了，有个村妇骑着自行车走过，过了会儿，又有个小女孩背着书包经过。虽然小女孩和村妇的脸有些相像，但我还是坚持对自己说：她俩一点关系也没有。

17 体外灵魂

柏拉图要我帮她找她的体外灵魂。我劝她自己找，她同意了，可后来她还是要我陪着她，暗中保护她，她担心被自己的体外灵魂吃掉。

"它不认识我。好多体外灵魂都不认识它们的主人。"她说，"它们有的很凶，有的很温顺，我不能保证自己那个不会伤害我。"

她拉着我跨过一条又一条大河，说："它就是会伤害我，我还是要去找它。因为只有它才是我的体外灵魂。如果我不去找它，它很快就会死。别人不要它。"

她拉着我翻过一个又一个山头，说："我越来越确信它就是一只动物，而不是植物或石头什么的。"

她一次次在暮色中点燃篝火天亮后又踩灭，她每次把木灰往袋子里装的时候都会悄声对我重复一遍那样做的原因："我们一找到它就用这些木灰把它圈起来。"

她原话就这一句。

我觉得她永远也找不到她所谓的体外灵魂。人只有睡着做梦的时候灵魂才会离开身体四处活动，那时才存在体外灵魂。没人能醒着找到自己的体外灵魂。

我的忠告她充耳不闻，继续风雨兼程地到更远处找。在一条风吹不进去的山谷里，她看到一只我们都叫不出名字的小家伙，然后就倒在地上。

我没有打扰那只小动物，我平静地给它和柏拉图的尸体合影，然后背柏拉图回家。

18 丰收女神

柏拉图要去买土豆。电视里播着一部纪录片。外面下着雨。街道上的车流声此起彼伏。两辆车险些追尾。旁边恰好有辆救护车。即将退休的交警感冒了。闯红灯的行人哼着首老掉牙的歌。歌的词曲作者和演唱者死于三种不同状况。词曲作者是一对夫妇，演唱者只在相片上见过他们。演唱者还和他们通过电话，但对他们的口音没有印象。词曲夫妇只在演唱者的葬礼上见过演唱者的相片。因为一件小事他们恰好路过演唱者的葬礼。他们后来为演唱者写了首新歌，那首歌与相片有关。闯红灯行人哼的就是那首相片歌。即将退休的交警甚至还会唱。有年夏夜他还和当时的女友在路边的卡拉OK合唱过，虽说相片歌并不适合男女合唱。救护车的车牌号发动机编号也和相片歌不无联系，人们不去注意罢了。

雨没有要停的迹象。电视里的纪录片播着非洲土著用一根长藤拴住脚踝从树的高处一次次跳下的画面。现代社会的主持人不断搓着手，一遍遍挽着袖子，甚至，他还往手心吐了口唾沫，做出种种跃跃欲试的样子，但始终与那棵土著树保持距离。做做样子欺骗观众的主持人最受观众欢迎。

雨越下越大，柏拉图还是坚持出门去菜市场买土豆。结果她在来自城郊农村的菜贩堆里令人难以置信地认出了丰收女神。一个六十多岁的粗布大婶。她在出售她地里的土豆。

"不，不是出售，应该称之为转移。她在转移她的土豆。"柏拉图兴奋地纠正我的用词，"因为她的价格是别人的一半还不到。"

"那也不足以认定她就是丰收女神。"我说。

"她的乳房非常大，它们重重地垂在她面前的土豆堆上。她用土豆堆支撑着她再也无法承受的乳汁。"我觉得这样的描述有些夸张，后来我提出过去看看时，天空开始持续地打雷，消防车的警笛顿时在每条街道拉响。

19 阴影

柏拉图在树阴下站了一会儿，觉得还不够，又走进楼房的阴影里。她在那儿看了会儿别人阳台上晒的衣物，就搭上公交车去找摩天大楼。摩天大楼的阴影里有个喷泉，她学着一些游客的样子，在喷泉附近的长椅上坐了会儿，然后混在游客的队伍里，走入一座禅师塔的阴影。禅师塔裂成了两半，它的影子看上去像有两个齿的叉子。柏拉图在禅师塔的阴影里仔细阅读了石碑上三百年前那位禅师的生平，她还想到如果自己和禅师是同时代人的话会是什么样子。离开那些游客，柏拉图向对面山上那一排负责风力发电的大风车走去。风车巨大的叶片在她头顶缓缓转动，叶片的阴影在她身上呼啸不已。

晚上柏拉图没有开灯，她端着蜡烛在家里来回走动。我知道她正和影子们在一起。她已经将束起的头发解开，让长发尽情散落，她任由发丝不时碰到火焰发出嗞嗞的声音，任由头发烧焦的味道在空气中弥漫，接下来，她将用她长长的影子走向我，将我侵蚀，笼罩，吞没。

20 新名字

我要给柏拉图起个新名字。这个名字用的太久了，再用下去我们只会越来越疏远，直到我再也认不出她。我开车去给柏拉图找新名字。她在家待着。她哪儿也不想去。

一连几天都一无所获。我要她也去，她不，说新名字没找到之前她不想出门，她什么也不想干，只想睡觉。

接下来的几周，我进入更深的山谷，潜入更深的河流，穿越更远处的戈壁，结果仍是空手而返。她建议我雇人去找，她要我在家陪着她。她说这段日子她感觉我都陌生了许多。

雇的人出去后接连失去音信。他们要么在远处重新建立了家庭，要么越过国境线去了别国，最后就回来一个。那个人揣着一株枯黄且折断的植物，说那种植物远处的人称它为"半夏"。

柏拉图对这个新名字不是很满意，"就像总穿着身很整齐的衣服似的，"她说，"等找到合适的名字再说吧。"

21 自己看

柏拉图要我写一部电影给她看。她说现在的电影都不好看，没有一部合她胃口的。我觉得也是，还没有哪部电影感觉就像是为我而拍的。

"看了那么多电影，却都不是为我们拍的。"她不无悲哀地说。

"是啊，看的都是别人为别人拍的电影，尽管我们努力地去对号入座，结果还是无法投入，等于我们一部电影也没看过。"我说。

"我们看的都是导演为他自己拍的电影。你现在知道为什么那么多人都想当导演了吧。"

"我们要为自己导一部电影。我们不能为自己导一部电影，那也应该为自己写一部电影。把自己想看的人家没拍出来的写出来。"

她飞快地跑出去买了个本子回来，郑重其事地送给我。

她气喘吁吁地说这就开始吧。我说开始就开始。我立即邀请她作这部电影的女主角,她有点恍惚地答应了。我说我会把你写得……怎么说呢,有点轻微的行动异常,你能接受吗?她说能,她能。我说我先用你给我自己写个电影,写完后再给你写,你觉得怎么样。她显然有点意外,但很快也同意我这么做。她说她对我最想看的电影也感兴趣。我说我的这部电影不能让你看,它只适合我自己,它会是部男性电影,你不会有兴趣的。她委屈地说为什么不能让我看啊,我还是这部电影的女主角呐。我说我刚才已经说得很清楚了,我这部电影不适合你看,你也不会有兴趣的。

她要求先写她那部。我坚持先写我这部。最后,只好各写各的,她写她的我写我的,谁也不让谁看。"只能自己看!"她眉头紧皱,用四声逐字地、功亏一篑地、暗暗狂欢地说。

22 巢穴

身体,你这梦话的巢穴,我该如何将你捣毁。女人对着镜子里的裸体说。

镜中裸体对她重复相同的话。

女人砸碎镜子。

女人找出药箱,取出一只未拆封的口罩戴上。

她用两手紧紧捂住口罩下面的嘴巴,捂了半分钟。

女人摘下口罩,从药箱取出一卷医用胶布,剪下一条,把上下唇紧紧粘住,然后再次戴上口罩,上床睡觉。

她在床上躺了会儿,没睡着,于是又起来,从药箱取出一卷绷带,紧紧地又在口罩外面缠了厚厚一层。

嘴巴,你这梦话的出口,看我如何将你堵死。女人在本子上写道。我们的秘密一定要做到万无一失。

随后,她将那一页撕下扔进火盆烧掉了。

"可是，他还是会回来，回来我总不能这个样子睡在他旁边吧。"女人又在本子上写道，"我们的秘密只有我一个人的时候它是安全的。徒劳，终究还是徒劳。"

"那你到底准备怎么办？"女人自问。

"我还是准备捣毁梦话的巢穴。"她这样回答。

23 泄密者

女人担心梦话将自己出卖，唯恐梦话将情人泄漏，变得惶惶不可终日。太阳升起她准时和情人幽会，月上西山又按时回到丈夫身边。和她一同回来的，还有夜里无法控制的梦话。

梦话就在她身上，哪儿也不在，它们就在她的皮肤下面像血液一样无声地流淌，一句接着一句。那是一些很警觉又极富耐心的句子，它们知道什么时候适合等待什么时候又适宜出动，去大口地呼吸皮肤外面的空气，以便繁殖更多的同类。女人有时会感觉到身上某处有点痒，那都是它们过于活跃造成的。女人不知道这点，也不留心，通常挠两下就过去了。如果同时有几处需要挠她会立即去冲澡，在水流的冲刷下，她会想到一白天城市恶劣的空气质量，街道上太多的暗中飞舞的粉尘。她对皮肤下面梦话的活动一无所知。不过她已经多少有点察觉到了在梦话的国土上繁殖最快数量最多的应该要数那个情人的名字了。她怕的就是那个名字趁她熟睡蹑手蹑脚地顶上她的咽喉，快跑过她的舌头表面，跨过她的牙齿，从她嘴唇里翻滚出来，再沿着平坦的枕巾平原一路奔波进丈夫的耳朵。她要做的就是要堵住那些泄密者的必经之路，封死那个下巴以上鼻子以下的唯一出口。

24 女王

　　柏拉图的手撩起我上衣要解我皮带被我按住了。我不可能让她拿到我的皮带。她拿到后不是煮煮吃掉就是将我抽得皮开肉绽。她是吃皮带的乞丐，又是把皮带当刑具的暴君。她吃皮带的时候总是独自缩在黑暗的墙角泪眼模糊，抽打奴隶时又是血脉贲张不可一世。她是弱者又是暴徒，是懦夫又是亡命女。我想带她去看世界上所有的花园，又想把她关紧铁笼，我想把她暖暖地拥进怀里，又想将她碎尸万段。

　　柏拉图原本是要亲吻的嘴唇突然啐出一口唾沫好在我及时躲过了。若是没躲过紧接着她必定会释放她真正的热吻。不过这一套我已经厌恶透了，我宁愿她躲得远远的，越远越好。

　　可你永远也猜不到她会在什么时候突然冒出来用一个铁定是拥抱的动作将你的手指折到断得不能再断。你连哀求的话都没有力气说出口，况且你疼痛得下意识蹦跳她一定会误认为是你仍未放弃试图逃脱。"你很顽固。"她眯起眼睛，享受类似的发现。

　　你永远也不知道她凑近你的耳朵时是要说一句情话还是会把你的耳朵咬出血印，她上上下下将你爱抚时是将奔向一场完美的性爱还是会即兴转去一场血腥的吞噬。

25 小村子

　　柏拉图说上次我们开车半小时去的那个城边的小村子原来就是世界的尽头。她恍然大悟的样子让我觉得好笑。我提议开车再跑一趟，她却觉得没那个必要了。晚上她睡着后，我开车去了她说的那个村子。回来的时候，本来半小时的路程不知为什么这次我开到天亮才开回来。

柏拉图又说她梦到那个小村子变成了世界的中心,全世界的人都开始围着它转。她说有时间还想再去一次。她还想去我们上次吃饭的那家小餐馆,"不过,很可能它已经改成大酒店了,他家的粉浆饭怕是再也吃不到了。"她很是惋惜的样子,我则将信将疑。

柏拉图说她在一部新拍的电影里看到了那个小村子,她几乎都认不出它了,要不是最后出的字幕里提到它原来的名字。我认为是巧合,她没有和我争辩,可能是觉着犯不着。我也没有问她那部电影的名字。

柏拉图说她准备用半年的积蓄去那个小村子呆一个星期,她的朋友们陆续都去过了,现在轮到她了。她问我要不要一起去,我说还是算了。我忽然想到一件更要紧的事。我想搞清楚这一切的一切是不是真的,如果是真的,它又是怎么发生的。

柏拉图回来后兴奋地告诉我那个曾经的小村子曾经的世界尽头的小村子昨天的世界中心的小村子很快就要改名为"世界"了。"它已经吞并了不计其数的大都市,一个又一个的小国家,很快全世界就都是它的了……"她越说越兴奋,像是即兴地给我讲着一个什么故事。

26 使用手册

柏拉图递给我一本关于她的使用手册。我问她哪儿来的,她说她希望我能好好看看。我说你又不是一台电视一辆汽车为什么会有一本使用手册,她说读了这本册子也许我会对她有新的认识。我说我已经很了解你了。她说我不了解她。我说我不看。

她似乎早料到了我的反应,没再说什么,把那本册子放在桌上,转身走了。

手册的封面上是她的正面头像,额头的一块皮肤上刺青似的印着一行字:柏拉图使用手册。

我当然没翻开它。我直接把它扔进了垃圾桶。出门的时候，我把垃圾桶里的垃圾袋连同那本使用手册拎出来，并把袋口系死，扔进了楼下的公共垃圾桶。

女人把自己当商品看待，女人没有一天不在那么做，她们说只有那样才会得到男人的理解，才能得到男人的爱。我不明白其中的逻辑，但我觉得真是太蠢了。

再次见到柏拉图，不等她开口我就直接"蠢货！没脑子！白痴！"了她一通。她出奇的平静，这平静里透出似乎是某种宗教信徒的气息。她还是坚持说那本手册会拯救我们。（她说的是"我们"，不是"我们的爱情""我们的婚姻""我们的生活"之类，而是直截了当的"我们"。）她走的时候，又留了本使用手册给我。一段时间下来，我的客厅书房卧室卫生间只要是活动的地方都堆满了那本使用手册，我已经懒得去清理它们了，或许哪天它们堆得让我再也无法呼吸我会考虑一把火将其烧个精光。

27 气球

我记得那时我们生活在一个气球里面。那气球有多大没有人知道。它的大小只能在球体内部测量。很可能测量结果数值太大公之于众会造成集体恐慌，也可能我们的测量技术真的如媒体所说，还远远达不到测量它的水平，总之球体的大小貌似早就测量完毕，却迟迟未公布测量结果。要生活在气球里的人们忘了这件事几乎是不可能的，于是不时会看到某某报纸突然冒出一小块拐弯抹角谈论测量结果的文字（这类文字通常被招聘信息、寻物启事、墓地出售、二手车信息里三层外三层地包着），不时会听到值夜班的医护人员、铁路职工说某天后半夜的电视上播了一部以测量结果为主题的访谈类节目，模仿劫匪戴着头套只露两只眼睛的主持人举着话筒采访同样扮相的测量方面的专家。专家首先礼貌地向观众问好,专家问好的声音清晰悦耳,他们通常会说"观众朋友好",就这么短短的一句,接着,他会用"我是XXX"的句式介绍一下自己,因为之前曾反复练习,他磁性的嗓音被这个句式完美地表现了出来,完全达到预期效果。接下来,主持人会用一个"对于某某问题你怎么看?"的句式向专家发问,专家再开口已经不合乎逻辑地变成一个大舌头,呜里呜拉的,观众一句也听不懂,就连演播室的专家他自己也察觉到事先他对某一问题的清晰透彻的看法不知怎的忽然就变得云遮雾绕。面对这种状况,他立即调整对策,他的对策就是磨时间,只要时间一到他就立即摘掉头套从演播室消失。

值夜班的观众一次次遭遇这样重大却又不得不抱憾的测量类节目,几次下来,他们逐渐将兴趣从从来也没听到哪怕是一句也好的专家的谈话内容转向听他们提到这档深夜节目却没机会看到的其他人的反应上。那种能让别人眼巴巴地盯着自己的感觉真是太棒了,虽然他们已经明确表示专家说了一通等于什么也没说,他们一句也没听清楚,可那些眼巴巴的人还是心存侥幸地想听到点儿什么。"真的,我是看了那期节目,可我真的什么也没看到。"他们不停地重复着这句真话,却没一个人相信。

28 休息

柏拉图睡了一天,醒来后说觉得头晕,用温度计一量,三十七度四,说是要输液,我不建议她去输液,我说喝点药就行,重点是多喝开水,多喝点开水就好了。我要她喝五大杯开水,她喝了两小杯开水后坚决不喝了,一直说喝了很多了,不少了。接着就是不停地量体温,十分钟量一次,一次量五分钟。几次两下来,把间隔半小时喝的两种药也喝了,我劝她上床盖厚棉被睡一觉出出汗,她一直说知道了，却不行动，还是卧在沙发上。我关好门窗，给她铺好被褥，她说有点饿，自己去厨房用开水煮了根麻花，准备用碗盛时想到没有洗好的碗，就直接用勺子在锅里吃了。我要她就着前天买的熏肠，她说熏肠没放冰箱，冰箱没插电，外面已经长了一层白毛，不知还能不能吃。我说熏肠坏不了的，她终究还是相信自己的判断。她吃完后我把一连几天没收拾的餐桌收拾了一遍，几顿饭下来所有的碗筷用过后都在餐桌上了。吃完水煮麻花她又回到沙发上量体温，说这次三十七度三，降了一度，我要她不要这么敏感这么相信数据，她要我别再抽烟了，屋子里全是烟味，我问她喉咙疼不疼，她说没烟味的时候不疼。我感觉她在说假话。

一小时后柏拉图的感冒彻底好了，体温也回复到正常。我说她那根本就不是感冒，完全是心病。她说她整整睡了一天，实在是太累了，现在，她准备好好休息休息。

29 再生

为了能不清醒地感觉到自己还活着，柏拉图放弃了睡午觉，除了早上起床后的两个小时外（这两个小时她还有足够的勇气面对自己还活着的事实），让一白天脑子都昏昏沉沉，没有精神，像喝了点酒，或是昨晚没睡好似的。

为了不清晰地感觉到自己还活着，柏拉图把一周四次的洗澡减少为一次。她寄希望于皮肤上堆积的污垢，寄希望于它们给她带来的不适和烦躁，那样她就无暇顾及活不活着人生不人生这样的问题。为了能进一步投身实实在在的生活的感觉，她甚至开始考虑今后采用一种局部洗澡的办法洗澡，一次洗一条胳膊或一只脚。

为了杜绝那些瞬间的闪现，那些会让她明确地感觉到她依然活着的瞬间，柏拉图开始减少进食次数和进食量，把自己拱手让进饥饿的魔掌，让感觉系统完全被饥饿的感觉接管。把睡眠时间砍掉一半，让身体始终昏昏欲睡，却又得不到满足。

为了能安心地过一天，忘情投身悲喜交织的日常生活，而不是站在生活的对面像个科学家或哲学家那样对生活仅仅是观察或思考，柏拉图写了大量的秘密日记。这些日记后来毁于一场大火。在那些日记里，柏拉图准确地预言到了她现在的生活，甚至，当时她不无机警地察觉到她要的生活不知何时在日记中已经悄无声息地开始了，重生的过程已告结束。

30 背钩

柏拉图问我有没有闻到一股铁锈味儿，她说她背上的那一小块皮肤生锈了，洗澡时洗掉的那些锈迹现在又回来了。她说一整天她的鼻孔都钻着一股铁锈味儿。她摘掉她所谓的布坑背对着我给我看，她的背上全是汗。我抹了把她背上那块印章样的锈迹，锈迹全到了我手上。我用毛巾把手擦干净，又把毛巾洗了两遍，挂好。

柏拉图说她新买的布坑的背钩又生锈了。"它太容易锈了。"她说，"你帮我看看。"那是一对儿西瓜子大小的铁丝部件，可以彼此钩住，以便布坑牢牢地抱住前胸的乳房。"现在把锈迹打磨干净，一出汗还是会锈掉。"我说。"到时你再帮我打磨一遍，总不能不让我出汗吧。"她说。

我把那对背钩拆下含在嘴里。这样，她熟睡后我就可以在她背上沾染锈迹的那块地方贴一块肉色胶布，我就可以将她衬衫的同一个地方用粉笔涂白。接下来，背钩就可以通过我的嘴巴对那块胶布和涂白轻言细语。我听见它向它们道歉，给它们说好话，向它们解释自己的不得已和愚蠢，它甚至还别出心裁地为那俩讲了一个自己刚听来的笑话，虽然那俩一点也不觉得好笑。

我允许那对背钩在我嘴巴里过夜，仅此一夜。天亮后我就会把它吐进垃圾桶，让它从我和柏拉图的世界里永远消失。这将是它最温暖的一夜，它将有充足的时间了断和一块皮肤一件衬衫的恩怨，然后被弃置荒野彻底锈掉。

31 罪人

柏拉图说她有罪，请求我的宽恕。她不说自己有什么罪，只是一个劲儿地重复她有罪。白天晚上滴水不进，觉也不睡。"你有罪你有罪，我知道我知道啦。"我不耐烦地说。说得多了，我的不耐烦都成了沉默。

重复到喉咙沙哑，她开始坐在桌前在本子上写，不论写多少，始终是那三个字。我说："你把你的罪告诉我也好啊，为什么闷着不说？"她不回答，还是在纸上写个不停。

写得没力气坐着的时候，她就靠在床头，用一根手指敲床沿，三下三下地敲。我知道她敲的不外乎还是那句话，那三个字。"你说你有罪那应该怎么办？这么耗着也不是办法啊。"我握住她已经敲出血的手指说。

她还是不说话。她的嘴唇已经发青。

我把她背出城市，背到郊外的一处麦地。她在麦地里大口地呼吸了一阵子，怅惘地望着远处的一层薄雾。我又背着她往那层薄雾走。一些灰色的鸟开始围着我们飞，湿气也越来越重。一些昆虫在暗处闪烁，我知道那是它们的壳反射的月光。不等我们走近那团迷雾，那团迷雾就已扩散到我们身边，将我们包裹得严严实实。我觉得有点窒息，我不知道柏拉图的感受。她似乎已经放弃表达了。糟糕的事情发生了，我背着于两天前的某个瞬间恍然大悟自己原来一直是罪人、至今变得奄奄一息的柏拉图，在浓雾中迷路了。脚下突然冒出很多条纵横交错的小路,每条路看上去都像是来的路,又像是相反的路。我把柏拉图放在一棵树下自己去找路,可很快我连回到那棵树下的路也找不着了。我在蛛网一样细密交织的路上狂奔倒退左拐右绕一直到天亮,才在一条河边再次见到柏拉图。她被好几个穿黑衣的人抬着,他们正准备把她抬上河边停着的一条小船,用小船护送她到对岸。对岸的风景忽而奇异宁静忽而狰狞动荡,我一边跑一边呼喊要他们停住,可声音微弱得连我自己都听不见。我赶到河岸,船已离开很久,已经一点点消失在对岸的灌木丛中。

第六章 中药

一个男人和一个女人，或者说，那个男人和那个女人。女人开着车，男人坐在旁边，女人看上去年轻、镇静，男人则有点昏沉的样子，在天完全黑透的时候，到了老城区的一条窄街。

女人对男人说他要见的人可能就在前面，一千米开外的一处药铺。可男人显然是困惑地回应说他没想要见那人。那人对他来说什么也不是，他对那人一无所知，他不知道他为什么要见。女人无视男人的困惑，或者说用沉默回应男人的困惑。

她在路边停车时，男人的目光跃过她的肩膀，再穿过汽车左侧的玻璃窗，果不其然地看到路对面有间药铺。

里面的灯已经亮了。门没有大开，留着条缝。门上的把手坏了，旧的已经拆掉新的却一直没出现，一个圆形的金属接口暴露在外面。门缝里不断有中药味儿往外漫。他们在门缝（那个由空气呈现出来的裂口）面前停顿了一下，像是听里面有没有说话声，又像是和门外面的世界告别，和马路对面停的汽车告别。

女人拨开门进去，男人稍后也跟了进去。

不大的前厅被划分为三个空间。一进来的一个约十平方的小厅和左手边并列着的两个约五六平方米的小空间。小厅沿着墙根摆着两把木制长凳，一个圆形玄关遮挡着径直向后深入的门。左手边的两个小空间分别用于会客和抓药。整整一面墙的木制药架展示着它自身囊括的上百个小抽屉。每个小抽屉上下左右都标示着里面装有哪四味药材。

会客的小空间里，一个显然是老板儿子的胖子在椅子上睡着了，整个人看上去像是一个空的架子，一个不会自己活动的假人。他手边的圆形茶桌上茶已经凉了。

尽管男人和女人同时都放轻了脚步，可胖子还是醒了。他打了个激灵，同时显出如释重负的样子，仿佛睡着后他干了一件什么体力活儿似的。

他反应过来面前已经站着一个女人和一个陌生男人后，先请陌生男人坐（也就是微微抬了下胳膊，陌生男人很顺利就意会到了其中的意思），又请女人坐（他对她说"坐"）。然后是一小会儿的沉默。

女人似乎在等胖子完全醒来，可胖子迟迟没有要彻底清醒的打算。结果还是胖子先开口了，他说她刚走，在这儿坐了一下午。又说他自己昨晚没睡好，看了一宿的诗，天亮了索性就没睡。陌生男人不说话，他看着女人。女人显然在想怎么把要说的话说出来。

胖子点着根烟，打量着陌生男人，对女人说："你又晚了一步，或者说根本就没赶上过一次。"女人有点不自然。显然女人已经来了很多次了，至少五次以上了，一次也没碰到要见的人。"你见过她吗？"陌生男人问她。

她没回答。

胖子说你们总是迟一步。这回他把陌生男人也包括进去了。似乎上几次这样的挫败陌生男人也在场似的。

女人要走，至少是有一点点想走，胖子却没有要他们走的意思，他换了新茶。

"你们现在去也赶不上了，"胖子说，"上次不就没赶上嘛。"

"上次是上次。"女人说。不服气的样子。

"上次那样，这次也会那样的。她的读者多。"

"你没去过你怎么知道她的读者多？"

"她走的时候，不只是走的时候，她在这儿坐的时候我从她话里能听出来。"

"每次我到图书馆就只看到一个借阅者。"

"那你为什么不到后面排队？"

"不出借了。办手续的窗口关了。"

女人叹了口气。陌生男人第一次听见了她的叹气声。一种发自肺腑的气流沉闷地翻过咽喉直通通地被扔出嘴巴的声音。一种被身体唾弃的声音。

"你叹气说明你屈服了。"胖子的声音。冷不防的声音。先是声音，然后这声音才变成在场的一个人的一句话。像是另一个人说的。那个人和眼前的胖子没关系。

就是说这句话超出了胖子的身体，不是从他嘴巴里说出来似的，不归他的身体所有似的。这完全冲破了陌生男人对胖子已有的印象。这个胖子的身体怎么会说出这样一句话？

"你屈服了。"胖子无视女人的不出声，无视陌生男人无法不显露出来的尴尬，仿佛已经说得很明白了却还以为没说明白那样，又把话里面的意思往前推进了一段距离。

女人思忖着，焦虑抱紧镇静的腿，不放。

"屈服是一种耽搁，一种延搁。"胖子说，"它拉长了你和你的目标之间的距离。它把目的地又推远了一段路程。"

"你要迫使你所屈服的屈服于你。"胖子说，"那样你就不会有不自由的感觉。你不屈服于它你就'不会'屈服于它。这一点上，没人强迫得了你。只要你自己不强迫你自己，自己不说服你自己，就没人能把你怎么样。就是说，没人能把'不屈服的你'怎么样。我想我已经说明白我要说的了。我要说的就是这意思。"

女人起身把手里的茶杯伸向茶桌，待茶杯稳稳地放在茶桌后，她为自己倒了杯热茶。刚才剩下的后半杯尽管已经凉了她也一并喝进嘴巴。她的手带着新的热茶返回座位后，并没有直接将茶杯递到嘴边，而是左手捏着李子大小的盛有热茶的茶杯，右手将椅子往前拉，也就是往靠近胖子的位置拉。拉了一步半的距离，觉得还可以再近些，于是又往前拉了半步。这使得她原先距胖子三步的距离缩短成了两步。现在，她坐在胖子的两步开外的地方，一臂半远的地方，直视着胖子，咬了块铁似的问：一个人为什么会屈服于一样东西、一个人、一种情况？或者说，世界上为什么会有屈服这样一种东西？

"屈服不是一样东西，"胖子说，"屈服怎么会是一样东西呢，我们又看不见摸不着，它是一种情况，一种境况，一种境遇，我们就简单地说它是一种情况吧。这种情况，这种被称之为屈服的情况说的是什么呢？答案是不自由。你屈服了你就不自由了。为什么会不自由呢？因为屈服是在一个人的根基处屈服。一个人的根基处又是什么地方呢？或者说，什么是人的根基？人的根基就是你之所以是你的那个凭据，那个依据。你怎么会是你呢？你怎么不是别的什么人不是另外一个人而偏偏就是你呢？因为你有你之所以是你的依据。这个依据就像个帐篷一样每分每秒地驻扎在你作为这个你的根基处。你存在一秒，这个帐篷就驻扎一秒，你不可能这秒钟存在下一秒又不存在了再下一秒又存在了，你只能持续地存在，也就是说，这个你作为'是你'的帐篷，这个承担着你的存在的帐篷会一直在你身上驻扎下去，直至你不存在。并不是说这顶帐篷不会受到任何外力的侵袭，恰恰相反，它随时都在对抗着外力，生气、争吵、打斗都是这顶帐篷受到侵袭的反应，它会剧烈地摇晃、震动。它的摇晃、震动不是没有目的，它的目的非常明确，它期望着自身平复下来，再次归于平静。归于平静的目的不是把自己保持在平静中,而是在平静中为下一次的摇晃、震动做准备,以便对抗更剧烈的摇晃、震动。一架不断扩张的帐篷。它要变得更大更厚也更强韧。它就像一个不知屈服为何物的生命体一样,就像一支直冲高空的爆竹一样,它同样不知回头为何物,回忆、过去为何物,它始终向前,在只属于它自己的轨道上,或者说在它为它自己开辟的轨道上,心无旁骛。"

"像一架只会正转不会倒转的机器。"陌生男人说。他的瞳孔不时会随胖子的哪句话放大。不知怎么,他忽然有一种一直听胖子说下去的需求。而这种需求之前从未有过。胖子的话让他似乎意识到了自己生命中一种约略可被命名为空乏的东西。

他的助手,那个女人,对胖子这番话显然有不同感受。她很可能感觉太抽象了,听不大明白,或者说几乎完全听不明白。她不理解胖子为什么会讲出这么一大堆噪音一样的话来,她认为胖子在讲理论,在谈哲学。可又不好意思戳破。理论是理论,现实是现实,理论谁都会讲,看两本书就会了,坐在椅子上喝着茶吸着烟,和闲聊有什么分别。知道再多有什么用,现实是必须一步一个脚印地走,必须去一分一秒地实实在在去面对的东西。"坐而论道",她就是这么想的。但她却不能把这些想法如实说出来。那将是对胖子的诋毁、贬低,否定。胖子能接受自己被他人完全否定吗?她不知道。此刻,她看着胖子因为最后提到的爆竹以及由陌生男人又引申出的"不会倒转的机器"而畅快地大口吸着烟,她忽然觉得这男人有点可怜。他总是谈哲学,几乎每次来都能听到他一番高谈阔论。

女人有点想走,但克制住了。正待她要把陌生男人正式介绍给胖子时,胖子并未好奇她的意思而是直接要她打住,说先不要急,他刚才又想了想,他觉得他对"屈服"又有了新的领会,"就是说,对由'屈服'所命名的某件事情又有了新的领会,"他说,"我试着再来说说。接着刚才的说,其实刚才还没说完,刚才说到你屈服于某件事,某种境况,这说的是什么呢?还是回到那顶帐篷上来吧,你屈服于某种境况时,你身体里的那顶帐篷就不再像在你有斗志时那样地摇晃、震动,帐篷自己不再进行隐秘的自我练习以便使自身更强大,而是直接塌了。整个架子倒了。它不再有机会摇晃自己、震动自己,或者说让自己得到摇晃、震动,它没有那样的机会了,它不再使自己变得更强健的机会了,它像一片落叶一样无精打采地瘫在地上,或者说它还比不上一片落叶,它不具有落叶经历春夏秋及初冬之后的静美,你内心的或者说你精神的那顶帐篷此时已经——我又要说过分的话了——沦为一堆垃圾了。"胖子稍做停顿,又接着说,"我现在要问的是,是谁让一顶不断在自我强大的帐篷成为一堆垃圾的?这个责任应该由谁来负?你尽可以把责任都推到外部因素上,租借的同学多、山葱受欢迎的程度高、图书馆制度过于僵化、办手续的馆员不作为,甚至你都可以怪到天意,'真不凑巧'、'我真倒霉',但这些都没怪到根本上,这件事的重点在于是'你自己屈服了',而不是我或者其他什么别的人屈服了。是外部情况让你屈服的吗?显然不完全是。因为面对外部情况你完全可以自主做出屈服或不屈服两种选择,结果你选择了前一种。是谁让你这样选择的,结果还是你自己而不是其他人。我相信不会有人建议一个同类屈服于任何一种外部情况,'屈服'这个词就不该在人类的语言中存在!它根本就不应该有存在的哪怕是微弱的生命力!它凭什么存在它有什么道理什么价值存在!它根本就是一个幽灵性的东西见不得光的东西它怎么可能出现在一个人一个我的同类身上!"因为激动胖子不知何时已经站了起来,他脸上的肉在剧烈地抖动。

另外两人也不好说什么。这样的气氛似乎说什么都显得没有分量。

"我们今天就什么也别说,就说这个屈服,就说'屈服'这个东西。把这个东西说明白了,其他很多哲学概念所指涉的东西也就全明白了。"胖子似乎是才进入状态,"你!你来说说,我来问你,"他明确地指着女人——女人低着头在想其他的事,当她反应过来看到胖子指过来的手指时,她感觉自己顿时不知怎么就成了一个小偷,一个罪犯,她"啊"的一声回过神来,回到胖子手指所向的她身体,慌乱地嗯了一声——说"你说说你为什么会屈服,为什么屈服于一个图书馆!是什么让你屈服的,是什么让你自己做出了这样对自己反动的决策?"

"屈服不是一种决策,"陌生男人平静地说,"也不是一种决定。"

"对,对,我暂且这样表述,我知道,真正的屈服,也就是我现在所说的屈服完全是被动的,是'被屈服'的,是由不得自己掺和的。"胖子说。

胖子的话女人约莫听了个大概,她听到的完全是理论。倒是陌生男人及时加上的那句话让陌生男人又进入她的眼帘。她都快把他忘了。

"我只是叹了下气……"她自我辩解道,"又没怎么。"

"你叹气就说明你遇到了问题,并且,在面对问题时不是你解决了问题而是你被问题制服了,你屈服于那个问题。就说明你屈服了。"胖子说。

"我觉得,不是屈服不屈服的事儿……"女人实在不想搅进来,趟进一滩哲学概念、意义、逻辑的浑水。她说这话时的语气,就好像有人要解她的扣子,她说"我觉得,这不是解不解扣子的事儿。"

"屈服了就没有可能性了。"胖子又点着根烟,换了一种貌似略显疲惫却让他感觉更舒服的语气说,"就彻底败了,翻不了身了。

如果不屈服,哪怕还剩下最后一丝力气最后一口气,也还是有机会反转的。屈服就是自己否定自己,自己对自己的反动,自己杀死自己。屈服就是一种自杀。如果你不屈服拼尽全力抗争到最后一刻,有可能你就是一个胜利者,自己生命的胜利者!你将变得更强大,也即是说,你将能对自己更起作用!"

"什么叫对自己更起作用?或者说什么叫对自己起作用?"陌生男人问。

"我还是先来介绍一下吧,"女人突然说,"这么长时间了还没来得及介绍,我来介绍一下。"她指着胖子对陌生男人说这是谁谁,又指着陌生男人对胖子说我还不知道他的名字。

"那他有名字吗?"胖子问。

"有,"女人说,"也可能没有。他失忆了,还没恢复好。也可能就没有。"

"那我怎么称呼他呢?"

"嗯,"女人思忖了下,"你就叫他异乡人或异乡客吧。他早上才来。"

陌生男人,也就是即将被胖子称为异乡人的人,安静地坐在椅子上,钓鱼般地凝神屏息,用手够着一个个漂浮在头顶的记忆的肥皂泡,却没一个到手。

"那我就叫你异乡人吧。"胖子对异乡人友好地说。

异乡人冲胖子的方向礼节性地点了下头。

也有可能不是点头,他刚好在胖子和女人看到的时候动了一下,不经意的身体运动使头部的上下运动恰好与仅能通过感觉才能察觉的点头动作契合了。

他面无表情,或者说表情平静。

胖子开始把注意力从女人转向异乡人,他对女人说过一会儿我们再回到你的问题上,"关于屈服我还有很多话要说,还没有充分展开,展开得还不够充分。待会儿我还会再回到它上面来。现在,说说你的朋友吧,他因为什么失忆了?你说他早上刚来,你们是在哪儿见面的?"说完,他又对异乡人说:"你的问题我没忘,只是先搁一下,'自己对自己起作用'的问题。一会儿我们还会回到这个问题上来。"

"我先声明一下,"女人再次突兀地说,"我并没屈服。你不能因为一声轻微的叹息就断定我屈服了!"显然是在对胖子说,虽然她注视着她北边两步远的胖子和异乡人中间的间隔处。

胖子像是要说什么,但她并没停下而是一口气继续说下去:"你凭什么因为我的一声叹息就断定我屈服了,屈服于一种处境,我觉得你太过于武断、草率了,甚至是——自以为是!一座图书馆或一个严格按照规章制度办事的图书馆馆员怎么可能让我屈服,我怎么可能屈服于借不到一本书这件小事!哦,对了,我认为你看到的,或者说下的判断过于表面了,如果你还能再深入一步的话你就会发现我那叹息并非屈服,而是一种……怎么说呢,'休息',一种'休息'。'休整'。'休整'和'休息'带我踏上的不是一条自我否定的道路,而是准备更好地出发、重新出发、随时出发。我叹息并不是终结并不是说这件事已经结束了,而是还在进行途中,这事儿还在进行中,还没达到我要的目的。我叹息——或者更准确、更真实地说是'一种轻微的喘息'——的原因是为了更好地保持战斗力,绝不是如你匆忙做出的结论。这就是这半天我听你说那通话的感受,我认为你的判断是错误的,不属实的,背离实情的!"说完,她鼓着胸脯点了根烟并深吸一口。

她看到胖子面向她微笑着,像个傻子。

一个看什么东西因为看得着迷看呆了看傻了的、满身肥肉又完好地被骨骼架起来或说直立起来的那么一个物体,一个外在于自己的人,一个既不是自己又因为认真对待一切于是对一切都有着不同看法的人(更真实地说,是对一切事物都有所沉思有所领会的人),一个希望大家都能采纳他的看法进而和他一道让世界进入沉思的人。为什么这个胖子要让世界进入他的沉思,为什么他多年来一直在思我们所在的这个世界,为什么要思,思了又能怎样,又会怎样,思要思到什么程度什么深度,思出一个什么结果,什么又是思呢,思是一件怎么样的事呢?

胖子久久不说话，只是笑眯眯地看着她。

要说的说完后她也没什么可说了，异乡人始终沉默着，他似乎还在被那些抓不住的一闪而过的记忆困扰着。

这是她第一次这样同胖子谈话，她要展现给胖子的当然不是自己的愤怒、不平，而是觉得胖子搞错了有必要让他看到真实情况，于是她就把实情一口气说了出来。"实情就是这样。"她说。

"我明白，"胖子调整一番坐姿，待坐姿达到他满意的程度后，他像是完全出于保护而非不快、不肯再见到眼前的女人似的，闭着眼睛说，"我明白你说的。情况并不像我刚才分析得那么简单。你需要告诉我真实情况，虽然这点丝毫无损于我对屈服的理解。不仅如此，甚至它还有助于这种理解，当然我说'理解'只是日常化的表述，更准确地说应该是'领会'。我感兴趣的是对'屈服'的领会而不是理解，理解始终是主观性的，触不着要点。理解总是把事物对立起来去认识，如果说理解总是和事物保持距离地审视、观察、分析的话。领会则是和事物共舞，和事物在一起，在一起又同时不在一起，嗯，就是那种状态，就像肌肤相亲却又相互独立的恋人，既违背又合作。并且只能在缄默中进行。你沉默着，事物静默着，你和它一道沉入一个语言之外的天地，你和它同时脱离了原来的世界，虽然你们确实还身在原地。就是说又在这儿又不在这儿，不在这儿又在这儿。"

这时，他转向异乡人，异乡人若有所思地回看着他。他对着异乡人似乎是特意地重复了一遍最后的话，"在这儿又不在这儿，不在这儿又在这儿。"

"这时候，我就开始对我自己起作用了，对吗？也就是说，我早上一来就已经在对自己起作用了，只是我不知道罢了，等我现在知道的时候，我就已经在'被作用'中了，对不对？"异乡人像是一直在扛着某个重物却突然发现这个重物原来只是那个真正重物的一个仿造的空壳，没什么重量。他意识到有可能被自己的意识欺骗了。

"说说你感觉到的'自己对自己起作用'。"胖子兴致很高。

异乡人说他只是刚才瞬间感受到了一点,这一点也不是很好说,但他还是想试着说说。他说在那个瞬间,首先,他感觉他第一次是他自己了,他首次成了自己,他感觉身体充满力量,想做点什么却又觉得做什么都无法符合自己要的意义,当时他很快就意识到那种充沛的力量真正要他做的,就是直接面对这种力量,注意到它,进入它内部,让自己融化在其中,消失在其中,见识一种真正稀缺的幸福。那种幸福,说幸福可能不准确,应该说那是一种光芒,那种光芒吸引着他,吮吸着他,同时又充盈着他,让他像风一样自由。他忽然一下子看见了世界,真切地看见了世界上大大小小的事物,每一样都格外清晰、牢靠,就好比一个高度近视多年的人突然戴上一副与近视度数匹配的眼镜。之前那种以为'世界也就这样了'的看法瞬间被扭转了,接下来要做的事仅仅就是一面不停地看疯狂地看争分夺秒地看,并在这样看的同时快速回溯之前头脑中的世界,一遍遍一件件细细比照。异乡人说在那个瞬间,他感觉第一次真正地看到了这个世界,这个他之前再熟悉不过的世界,之前以为再熟悉不过实则再陌生不过。他说他感觉到了一种力的过剩,过剩得不得不到处撒播。他感觉他变成了另一个人,一个全新的"成人婴儿"。拥有成人的身体却只有婴儿的意识。这并非亏欠和不足,而是再完美不过。

"原来我也可以这样,"异乡人出奇地睁大眼睛,"我也可以是这样的我。"

女人没说话,她等着异乡人往她这边看一眼,结果异乡人的目光要么对着胖子要么移向胖子身后的那面窗户。看来她还不够了解异乡人。

她没说话是出于什么原因?或者说,这一刻不说话的她处于什么状况?异乡人的这番话她有没有听进去?她有没有能力听见?她听到的是不是异乡人要表达的内容?异乡人的一番话到她这儿有没有失效？她会不会觉得好笑，两个男人想当然地聊着某种感觉，对世界的某种印象，自说自话还把自己搞得很兴奋，完完全全地把现实一把推开抹去。

"你可以是更好的你。"胖子说，"不过这才算开始，舞台早就搭好，你一出生舞台就搭好了。这个舞台只为你而搭建，问题是你一直不知道它就是一个舞台，只属于你自己的舞台，你把它当成了一个与其他别的地方一样的东西，毫不起眼的、没有特殊意义的一个场地，你当然也就无法入戏，无法进入一个主角的角色，你甚至都不知道你是主角，你自认为主角和你无关，那是别人的事，并且只是极少数人的事，你把这些都忘了。就是说，你把你自己给忘了，你把自己给搞错了。与其说你出生的这个世界是你的舞台，不如说你是这个世界的舞台。你的身体你的存在才是这个世界展示自己的舞台。没错，表面上看这个世界是你的生命的舞台，本质上，你的生命才是这个世界得以展现的舞台。我这么说你能明白吗？"异乡人肯定地点点头，像是在接受一项只有他才能独立完成的重大秘密任务。

"好，"胖子接着说，"这说的是什么意思呢？'你是世界的舞台'这话说的是什么意思呢？世界因为你而存在，世界依靠你才存在，它凭借你它才存在，如果没有你的存在对你而言它也就不存在。不是你依靠、凭借世界存在，而是世界依靠着你、凭借着你才存在。对世界来说，你就是它的根基。你拥有生命，你赋予世界以生命。你可能会问，我这样说的依据是什么，这个说法之所以成立它依据的是什么，它依据生命，你自己的生命的存在就是唯一的依据。除此之外还需要什么依据吗？"

异乡人陷入了沉思。如果他会沉思的话。他之前多少也有过沉思的经验，但那些屈指可数的经验称得上是沉思吗？什么是沉思？沉思是思考吗？不是的话，如何区分？他感觉自己陷入此刻的、不知何时结束的沉思时，像是陷入一片幽暗之地，没有方向，没有道路，只有远处似乎在每个方向都能看到闪现的若有若无的光,他想循着一个方向走,事实上他也已经在这样做了,他在自己的身体上出发了。

"什么都不需要,"异乡人说,"什么都不需要,我只需要我的身体,这就够了。"

"你一直就拥有你的身体。"女人说。

"不,不是的,"胖子对女人说,"你不能拥有你的身体,任何人都无法拥有自己的身体。"

女人询问的眼神。

"怎么说呢,"胖子说,"我们不是'用'我们的身体活着存在着,我们也不是'和'我们的身体一道存在着,之所以不能这样说不能这样认为,是因为我们始终无法脱离我们的身体存在,我们在开端处就和我们的身体是合一的,是一个东西。无论如何我们都不能外在于身体,不能在身体之外。我们和我们的身体不是并列的,我们也不是凌驾于我们的身体之上的,因为我们就是我们的身体,我们只是它,而不是其他东西。它怎样了我们就怎样,它生病了我们就生病了,它饿了我们就饿了,我们和我们的身体是一个东西。我们只是身体性地存在着。"

在女人看来,胖子的话不完全错,也不完全对。她的意思大概是说,胖子的话不完全不实际,也不完全实际。在她看来,胖子过于认真了,像个书呆子,对字词认死理儿,不实际。胖子自己就是个脱离实际的人,不需要工作,不和人来往,他只是长期沉浸在书本里。就是说,胖子习惯咬文嚼字,爱讲道理,可道理但凡是个道理要讲怎么都讲得通,一个事儿几个人就能讲出几通道理,结果还不是要去实实在在地去面对。就是说胖子的道理只是万千道理中的一种,而他自己却以为是唯一的一种。

就是说,女人觉得我们都是平等的,她和胖子、异乡人都是平等的,每天都吃饭睡觉工作娱乐,在相同的地方呼吸着相同的空气喝着同样的水接收着同样的信息，怎么可能不平等呢，都是直立行走着，面对着相同的太阳月亮甚至经历过相同的地震海啸，怎么可能不平等呢，怎么可能不一样呢？如果说有不一样的地方那也只是生活习惯之类的细部，至少大体上作为一个人是一样的，都靠身体在活着，或者就按胖子他说的"身体性地存在着"，但那也是"一样"身体性地存在着的。所以说，人和人不可能不一样，都是一样的。也就是说，她和胖子是一样的，至少作为一个人来说是平等的。

可胖子显然不这么认为。胖子的看法恰好相反。他认为他和别人是不一样的，虽然他也有和大家一样需要照料的身体，但这是最基本的，除此之外他还有精神，还有内在，他的内在是强大的（这种"强大"所采用的是另一套更复杂的标准），是卓越的，是远远超出常人的，是常人无法理解也无法抵达的。在他看来，女人眼中的世界是平均化的，大家都一样，日复一日地在自己的生活里重复性地生活着。这样的看法他完全理解。他就是这么过来的。他以前也持这样的看法，可现在不是了。他眼中的世界已经变得个体化。他不再是和他人一样平均地、他人怎样自己也怎样地活着，他活着的标准不再是借用他人的而换成了自己的，自己亲力亲为制定的。以自己的是非为是非，而不再以他人的是非为是非。他成了区别于他人的一个人。他把自己与他人剥离开来，区分开来，这时他拥有了他自己，他看见了他自己，他持有了他自己。他是他。

第七章　山葱

1

在沉思中，我获得了记忆。我再次拥有了之前的记忆。也可以说，之前的记忆再次将我拥有。像深秋漫天的黄叶借着秋风在我上空翻卷回旋许久最终将我淹没那样，像三月的一场悄无声息下了一夜清晨时分终于停歇的春雨已将我的世界完全改变，像盛夏的一场洪水，从我之前所在的那个世界的山顶一路咆哮奔流到眼前这座校园，这条柏油路，路两边汩汩作响地汲取着一种名为时间的水分的法国梧桐，以及我们身后刚关上车门的汽车内部。无法被视力捕捉的记忆的洪水浇灌入车内时，车体在我们身后像被扼住咽喉似的剧烈晃动，我们当中，不论是助手、胖子还是我，都没有回头看。

我知道我是谁了，终于知道了，并且，我也明白了来这儿的目的、使命，只是其中的意义仍晦暗不明，仍有待揭示。我又回到了我自己，丢失的那一部分原封不动地被还了回来，我的意识不再像之前那样混沌一片，而是变得清晰、敏锐，还富有弹性、韧性，就仿佛战场上赤身露体厮杀的战士忽然多出了一身铠甲，紧握的笨拙木质兵器瞬间散发出金属的光芒。太阳，就像一声庆贺的口哨悠扬地浮游在天空的池塘，它的每一束光都在闪避敌人肮脏的污血，以期给我加倍地照耀。即便此刻我们身处黑夜，即便是黑夜也无法阻拦它要扑到我身上的光芒，它不失机智地委托月亮几乎是毫无延迟地将它最精华的光芒转交给我，让它们在我的头发上、脸上、手上尽情地流溢，同时无声地、几乎是饥渴地钻入我的每个毛孔，渗入我的内脏。

同时我也明白了我来这儿的工作并非是检查这个世界运作是否正常，它其中的一花一草是否就是书本文字表述的一花一草，不是这样的。可以说这个世界和我完全没有关系，它根本不在我的工作范围之内，我也根本不需要让它进入我的视野，我来这儿的目的只有一个，见到小说的女主人公山葱，落实一下她的情况，并在本子上记下来，反馈回作者。就这么简单。现在，需要用于记录的小本子就在助手的手包里，这位助手就站在我身边，和我一同注视着前方不远处的一幢高校图书馆。显然，她还没来得及把本子取出来给我。

半个多小时前我们走出胖子家的药铺同一道出来的胖子告别时，胖子突然提出要我们一道，助手不是很情愿，可胖子根本无视她的情绪，他甚至过分地暗示说如果她愿意在药铺待着等我们回去那最好不过。结果，仍由助手开车，我坐在后排，胖子坐上了副驾驶的位子。

他一路上没怎么说话，饶有兴味地看着窗外漆黑的街道，就好像我们的车子行进在一条两千年前的古代街道，一位远道而来的考古学家在抵达工作地点的途中俨然已经开始用一种专业的目光审视他的工作场地了。

现在，胖子就是用这种变得更加专业的目光和我们一道注视着前方隐没在黑暗中的图书馆。它的灯都亮着，不时有借阅的学生进出，但不很多，稀稀拉拉的。

我和胖子坐在一楼大厅的长椅上，助手去借阅窗口预约。我注意到，她径直走去的窗口向外凸出的小窗台上搁着一块白底红字的小牌子，牌子上印着四个汉字：真人图书。

我没问胖子什么是真人图书。

助手回来后不相信地说想不到这么顺利。她盯着手握的借阅卡，又扬起它给我们看，仿佛那张普通的塑料卡片在发光，它的光芒直接将助手的身心照亮的同时，也照亮了她前方必须由她自己才能踏上的道路。

我没见过她这么兴奋，我没见过她兴奋的样子，我甚至觉得，将她此刻的状态称之为兴奋都显得草率，在我眼里那显然不是兴奋所能涵括的。她超出了自身。一种东西，也就是那张卡片，让她超出了自身，带她超出了她自身，把她从她自身带了出来。她从她身上凸显了出来，显现了出来，而之前她都是处于一种被自身回收的状态，现在自身放出了她，就好比一朵花开放后将花蕊放了出来。我不是看到了两个助手，而是看到了一个更新过的助手，被一束神秘之光瞬间照亮的助手。

二楼有一个大的阅览室，一个小的阅览室，灯都关着。我们没有碰到别的人。我们顶着过道昏暗的灯光，沿着借阅卡背面的示意图，拐了半栋楼的弯才到了示意图指示的终点，一个小小的黑点。

这个黑点不同于其他的黑点，不同于至少是我之前见过的所有塑料卡片上印刷显示的黑点，它内部包藏着这个世界上唯一一个我需要见到的人，我即将见到的人。

对我来说那个人就是这个世界。

我问了下助手时间，差三分钟九点半，而我们现在还差几步，也就是不到十米的距离就到那扇门了。

门虚掩着，从里面透出的光使得门外过道的地板上横着一把锋利的刀。进去的人都必须踩在这把刀的刀面上。

"这是阅览室？"胖子不相信地问。它的门太小了，比我们刚才经过的办公室的门都小一些。

"以前是储物间,改成真人图书室了。一次只限一位读者,想着不大。"助手说,"办卡时我和那个职员聊了几句。"

后来助手没再说了。她的声音随着胖子推门的动作一下子被中和了似的,完全消失了。不是"说过后消失"的那种消失,确切地说是"彻底没说过也谈不上消失"的那种空无。

胖子第一个进去,助手跟在他后面,我最后一个。

嗯,次序是这样的次序。不同的是,胖子是自己进去的,我是按照助手的安排闭着眼睛由她牵着我进去的。在最后一刻她小声要我闭上眼睛拉着她的手,"进去坐下后再睁开眼睛。"

我感觉到她的手汗。我的手似乎是被一只长在她手腕上的嘴巴充满爱意地叼着。

空气很好,出奇地好,可以深呼吸。

听不到什么声音。

助手的另一只手出现在我的左边肩膀,它像是压一只气球查看气有没有充到满意的程度那样节制地、审慎地摁了下我的肩膀,我照她的意思缓缓往下坐。

我没听到自己的鞋或小腿碰到椅子或凳子的声音,也感觉不出身后有可以坐在上面的物件。

缓缓地下沉,再下沉,身体越来越轻,越来越远,越来越模糊。

一种轻微异常的、确信什么事不会发生却俨然已在发生的感觉,一种算不上坏的、正在失去自己身体的感觉。直到一个软的平面向上迎来,与我的臀部打了个照面。仿佛我的身体始终未动,而是一只熟谙力道的手将那个软的平面恰到好处地拍在了我的臀部上。我浑身一颤,却无法确定是不是打了个激灵。

助手的手从我的身体离开后一小会儿,她说可以了,我才睁开眼睛。

我知道我看到了什么。我知道我看见了谁。可我还是不相信我看到了,我看到的就是我要看到的那个什么和那个谁。我无法相信。我很快意识到我这种无法相信,不是不肯相信,而是我还不具备相信的能力。

左边是胖子,右边是助手,我要见的人就坐在中间,我的对面。

我不知道该如何直视她面对她,却已经在直视她面对她了,没有丝毫准备,这时我才想起刚才助手要我闭上眼睛的意思。

山葱,似乎在我睁开眼睛之前、一走进这间图书室时,就开始在我眼皮外面等着了,似乎要我第一时间看见她,不管我情愿不情愿。而同样和她第一次见面的助手仿佛早就对她这种意图默会于心,暗中要我闭上眼睛走进来坐到事先摆好的座椅位置上,甚至确保我和山葱的视线在一条直线。这使我不得不怀疑她是否还是山葱的助手。

陌生而亲切。或者说,陌生而亲熟。山葱那种亲熟似乎来自将来而不是过去,那种亲熟的感觉从将来而来,里面裹挟着过去的陌生,既远且近。不是一会儿远一会儿近,而是同时又远又近。

这就使得我无法在心理上将她固定在她坐的位置,她似乎是一只轻轻停歇在一根晃动不已的树梢的鸟,稍有不合它意的风吹草动就会果断放弃脚下的树梢将自己投向天空,这个树梢般的座位对她来说太微不足道了,她甚至都不知道身下的座椅是木制的还是金属的。这个阅读室对她那只鸟来说不外乎树干上的一个树洞,它温暖宁静,盛载着凡人需要仰望才能想象得到的小小幸福,不存在的鱼饵般的精神幻象。而她的家在高处,在树林之外,在树林所从属的森林之上,在缠绕着山峰的云层之上,在云层几近消失的某一处山巅。那里空气充足,日照猛烈,太阳光无须繁文缛节地穿越云层和树冠,而是直接抵达羽翼,这种抵达始终带有某种击打的意味,使得羽翼更强健、宽广,色泽也变得金黄。太阳就是它唯一的导师,它骄傲的邻居,它丰沛的同道。它在那位导师那里领会了孤独,它在那位邻居家里拥抱了生命,之后,它告别它唯一的同道开始了自己的存在。现在,它就坐在我们这间阅读室里,我的对面。但我们都不知道她从云端而来,从高空而来,更不知道她为何而来。

她宁静地注视着我,注视着我的眼睛。那感觉,就好像我的眼睛不是我的眼睛似的,不是我从一出生就有的眼睛似的,而是前不久,就在前不久才获得了这样一双眼睛(而在这之前它并未出现在我的面部而我也从未拥有过它)似的。

我不知道她为什么要一直盯着我的眼睛看,仿佛她能从我的眼睛里看到另外一个完全不同于这个世界的世界,一个我出生于其中的世界,一个什么都是模糊的、平均的世界,一片由巨大的谎言之网覆盖的巨大荒漠,一个贫困的世界。

2

"我知道你是谁,"她看着我说。她显然是在跟我说而不是跟另外两个人说。因为她看的人是我。而我,就那么无法躲藏、闪避地被她看着,"你为了什么来。"

"你来得正好,"停了一下,她又接着说,"明天开始我就不在这里了。今天是最后一天。"她放在桌面上的手没有任何修饰。手指粗短,可能是因为匆忙,因为习惯,因为审美,她的指甲看上去,给人一种生硬的整齐感。

"我还想着今天不会有读者了,"她说,"你就来了。"

"我们要不要先休息一下?"她问,"休息一分钟。"

我不是很明白她的意思,却已经点了点头。我不知道我为什么要点头。我还以为还没开始呢,事实上也确实没开始,却要休息了。

事实是(如果我没有看错的话,我的眼睛没有欺骗我的话),在这一分钟里,她借用这一分钟的休息时间,如果我没有小题大做的话,我发现她只是:将放在桌面的左右手的食指轻轻碰了一下。除此之外，我没看到还有哪个动作比这个动作更方便察觉。什么缘故促使她那样做？就像电工测试一下电路，将电线的正负极快速地碰到一起又分开，在正负极碰到的同时他已经对电路的情况有了判断。他不需要让正负极一直接通，因为他想知道的是整个电路的情况是否正常，每个分出去的线路是否都已准备就绪，大大小小的灯是否都能亮起。如果有其中一盏不亮，他就会过去查看原因。故障排除，总线的正负极电线头于是会再一次被他捏在手里，再一次碰到一起。碰到一起的正负极电线头不是重点，一如山葱桌面上的手指触到一起却什么也没有对我说一样，她要通过两根手指接通启动的整个线路、经由整个线路控制的那个世界才是关键。

"好了，开始吧。"她说，"我先说一下这儿的情况。当然，我只说能说的，不能说的我会让它们继续在话语之外游荡，因为不这样做，也就是说让它们进入我们的话语中来的话，它们也不具备任何意义、意思，也就是说我们根本不知道我们在说什么，我们就开始听不明白我们说的话了。这一点，我想先说明白。能说的，能进入话语的，我就一定能说清楚。我始终相信这一点。我说先说一下'这儿'的情况，这句话中'这儿'的意思是，包括了这间阅读室和阅读室里的我。阅读室的情况和'我'的情况。我会先简略说一下阅读室的情况，然后说我的情况，最后，我将允许你展开对我的阅读。我是一本真人图书。你是阅读者。这个图书馆只有一本真人图书，我是唯一的一本。我不希望把事情弄得太复杂，我想让事情简单再简单，就是说，直奔最根本的事情。与其说是尽可能地砍掉无谓的细枝末节，还不如说从一开始就杜绝细枝末节的长出，我们也就不会碰到它们带来的问题。按照我说的顺序，我先说第一个。你不可以打断我，他们俩也不可以。如果你认为非要打断也请你不要开口不要做任何手势，我希望在那样的时刻你能拿起手中的笔把要说的记在本子上。不排除那种失控的情况，就好比一个人因为某物或某事不自觉地发出'啊'的一声以释放他内心的惊讶,它来自发出者的无法自持,它泄露了发出者的视域,这种时候我不会认为它是种打断,它只是发出者的一种生理反应,身体反应。我是三年前来到这儿的。走进图书馆,上到这个楼层,推开真人阅读室的门进来坐下,坐在这张桌子旁,这张椅子上,解开衬衫第一颗纽扣,小臂平贴桌面,两手指对指地在桌面摊平,由一个人变成一本书,等待被阅读。不是每天这样,我一周来两次,周二和周五。学校要我确定一个时间,我选择了晚上,周二九点至十点半,周五十点至十一点半。周二早一点,周五晚一点。周五是周末,图书馆推迟一小时闭馆,平时是十一点闭馆。一个半小时的时间,通常会有两位读者,也有一位的情况,不过和三位的情况一样少见。"

"等待阅读就是等待说话。等待读者让你说话。"她说,"因为读者说了自己的阅读意向或某个问题后就等着你开口。我尽量少说,能一句说清楚的我就不用两句或更多。我经常不回应他们。真人图书不是机器人,不是有问必答。我认为他们的疑问没有价值我就不给出回应。问题就是这样出来的。我认为没有价值的他们却认为极重要,我认为对他们没有价值的问题他们却认为对他们价值极高。所以很多读者抱怨我,说我冷漠,心不在焉,并且储备不足,经常提供不出相应的阅读内容。但校方没找过我。我经常不说话,从头到尾。人们坐在我对面,向我提出这样那样的问题,说出他们想读的这样那样的内容,我都无动于衷。他们一开始不是很适应,焦虑,烦躁,自认为没有被尊重,有人甚至从椅子上起来走近我看我有没有睁着眼睛睡着。之后,他们再次返回椅子后通常都平静许多,他们终于能平静下来了,真让人欣慰。真正的读者从一开始就应该是一个宁静的读者,只有通过宁静,内心的宁静,真正的阅读才能向他开启。第一次坐在这儿后我就确信,我不是来被人消遣的。他们也休想消遣他们自己。"

她停住了。她的话停了。似乎是一位高速驾驶中的司机及时踩下刹车，在不愿提及的路况前停住了。她不想再说下去，在语言就要触碰到的那个地方，会让她烦心，之前烦心过的境况会折回来再烦她一次。似乎是这样。她在一处名为烦心的大坑前及时把车刹住，趴在方向盘上深呼吸，庆幸及时发现危险。又或者，出现在前方的并非一处烦心大坑，而是一具腐烂的动物尸体，她完全可以直接开过去，甚至加速开过去，但她还是停住了。那具动物尸体对她不造成任何身体伤害，却像噪音一样侵袭着她的精神。它让她想到死亡，或者说，它就是死亡，活生生现形的死亡。她想到自己的死，自己体内的死，那个东西像胃一样，或者说它就是另一只——完全可以被称之为胃的器官，一只隐形的、不占据体内空间的——被她称之为死亡的胃。她一直喂养着它，始终喂养着它，一日三餐，全年无休。这只死亡之胃只以她的精神为食物，直至她最终无以维系，赤字纷飞，它将突然一跃转向她的身体，将她的身体一口吞进它已经漫出它外的嘴巴，将她拉回泥土，拖回大地深处。它是一位差使，同她一道从大地上冒出来的、受命于大地的死亡使者，它就存在于她腹部靠近胃的地方，一处它从未更改过的扎营地。它和她的身体一道成长，却不随她身体一道衰弱，它长到自己满意的程度就停止生长，它固执地停在最旺盛的那个自己那儿，猎人那样静候她的身体的衰老、收缩，直至将它自己漫出其外。到那时，每一时刻都是最恰当的时机，根本无须比较无须斟酌，它会由着自己的心情缓缓张开大口袋一般的黑色嘴巴，将她整个儿带去。所以她及时停住了，不论是在一个大坑还是一具动物尸体面前。她及时刹住了后车厢载满语言的车子，难掩疲倦地闭上眼睛。

　　助手没再提醒我闭上眼睛。在药铺遇到胖子后，我们走进药铺后，似乎她已经不再是我的助手，她已经忘了还是我的助手，忘了她曾是我的助手。我们几乎算是失去了联系。

　　我坐在山葱的对面，胖子和助手分别坐在山葱两侧稍靠近我这边的位置，这让我感觉一会儿像是我一个同时在面对他们三个，同时在读三本书,可事实上一本也没开始;一会儿又感觉像是身在一个视听室,我正前方摆的是一个主音箱,两侧分别是两个辅助音箱,我不知道那两个辅助音箱是不是摆设,因为它们从未发出过声音,我听到的语言之歌始终是中间的主音箱在操持,而这位主音箱播放出的语言之歌不时就中断了,我不知道是音箱的问题还是那首语言之歌录制的问题。

"主音,左辅音,右辅音。"我这样默想,一遍遍将他们对应起来。

一会儿又像是被他们三人临时组成的审讯团审讯着。他们的身体团在一块儿,彼此靠近,将我远远的孤立起来,这段孤立的距离无时不在显示他们的身份,他们接下来要进行的审讯工作,而这项工作必须通过我才得以进行。我不知道我有什么可被审问的,但他们显然已经心里有底儿,他们早已是这方面的行家里手。"你不许发言,"中间的女法官一开始就说,"我们剥夺你在此发言的权利。你只需认真听着。你不能说一句话一个字,一个字也不行。我们会依次发言最终为你定罪。如果时间允许的话,我身边的这两位也会发言。你只需要听着,然后接受,最后认罪。"中间的女法官就是这么说的。她说话时快时慢,有些啰唆,语言总是冒出许多侧枝,而那些侧枝本该在说出口之前就修剪掉的。

一会儿我又觉着外面冰天雪地,一出门就会被冻成冰雕,而在这间有着炉火的房间里,坐着两拨人,四个人。其中三个为一拨,剩下的那个,可想而知他的处境。他一个人称不上一拨。称他为单独的一拨根本就是一种语言的慈善活动,一种语言的人道,一种假象的生产,以便使得他不至于看上去那样孤立无援。这单独的一个,被另外三个孤立了,排挤了,他被排挤到对于炉火都城来说再遥远不过的边陲之地——他不得不紧贴着清脆的、几乎是带刃的寒风从门缝涌进的门板。这个倒霉鬼能做的,也是被要求做的再简单不过:注视围炉的另外三具血肉之躯,以及它们身上不断冒出的气化的热量,欣赏只属于他们的火和温暖。他不知道为何会落入这般处境。以至于最后那三人围着的是团火还是一块晃动不已的红布,他都无从判断了。

似乎是四个分赃的人。因为分赃不均,三个联合起来对付一个,而那一个呢,显然刚刚失去了一开始就站在他这边的同伙。他可不能背叛自己。他人可以背叛他他决不能背叛自己,自己怎么可以背叛自己(现在的情形看来又不像是在分赃,而是财宝的主人在和三个盗匪周旋)?一张代表其境遇的寒冷之网立即将他罩住,一点点从他身上吸取热量,直到将他吸成一具冻尸。不过他在其中损失的身体热量也不是白白损失的,它们为他争取来了时间,在那越来越少的时间里,他高效地分析了当下的环境、人事因素,并最终确定了对策。不出差错的话,很快他将成为火炉与财宝的唯一主人。到时他将独自围着火炉跳舞,直到跳得累了乏了大口地毫不吝啬地呼出体内的热量,随后才将全部财宝在地板上一一摆好,并继续踩着它们,与它们共舞。

"我不是来被人消遣的,他们也休想消遣他们自己。"他一边重复,一边跳。

他尝试了很多种语调、语气、口吻、情绪重复,直到这句话的意思已经离这句话而去,直到它在他嘴巴里彻底失去弹性失去生命,由话语沦落为一股气流,成为另外一种东西。他开始哼唱它,他不再要求它在地面上行动,而是任其在空中做飞行状,直至那种半生不熟的飞行成为真正的飞行。啊,他的炉火,他的财宝,他的冰天雪地的夜晚,他的飞行,他拥有着它们,以生命的形式。

3

我想向她请教"门"的问题。

一个关于"门"的话题。

门是什么,除物理存在的门之外,门还是什么。或者说,除了能看得见的门之外，世上是否还存在看不见的门，看不见的门如何能看见，如何能看见看不见的门。一句话，我们如何能看到之前看不见的东西。

我想向她请教"幻影"的问题。因为来之前我被告知："山葱是个幻影，你不能爱上她。""你对那个世界做什么都可以但不能对她动心。"

我想向她请教"我"的问题。如果这个问题可以请教的话。我是我，可我真的是我吗，我真的是我以为的、我知道的、我熟悉的、我确信的我吗？我不能确定。我把这划归为一个问题。

我准备在第三个环节，也就是在她讲完这个阅读室、她的状况后，我们可以交流的第三个环节展开。

"所以，对我来说，沉默是这个阅读室的灵魂。"过了好一会儿，她带有总结性质地说，"这是我最后一次在这儿以一本真人图书的身份出现，最后一次在这个房间逗留。你是最后一位读者。"她看着我，仿佛是确认我会一直坐在这把椅子上，确认我仍在她的视线范围之内，而不是一下子蒸发掉。

"我知道你想要读什么，在我这儿，"她似乎确信她已经用玻璃瓶一样的目光罩住了她以为的某种小昆虫的我。隔着玻璃瓶壁，此刻她正细细地打量着我，琢磨着我，我在瓶中的身体虽然一动不动，但她分明看到一颗米粒大小的心脏早已冲出我身体的包裹，在这座玻璃大教堂的内部来回弹跳，在瓶壁和瓶壁之间找不到出口，"我知道你是谁。你一进门我就知道了。我还知道你为什么来，从哪儿来，之后还要回哪儿去。"

她又看了看左右两边的胖子和我之前的助手："我也知道他们和你的关系。你们见面都还不到二十四小时。"

"不要好奇我怎么知道的。我会尽量给你你需要的，前提是你确定你真的需要它。好了，我们还是回到刚才岔开的地方，'我是最后一次在这儿逗留,而你是最后一位读者。'我、你、最后、逗留、读者,这些字和词都是什么意思,你思考过吗?对它们有认识吗?它们所命名的事物和事情是否就如它们的字面意思那么一目了然?它们是否就是我们以为的它们?在我们的话语触碰到它们、使用到它们的时候,它们有没有自己对自己动手脚?有没有溜掉,或者正试图溜掉?就好比一个就要被主人发现的入室者一只脚已跨出门外而另一只却还在门里。它们会不会被我们逮个正着?在这一情形下,为了掩饰突然出现的尴尬,它们还会不会拿出惯有的伎俩试图掩饰,以期蒙混过去溜之大吉?在场的我们会不会被那些颠倒黑白的言语蒙蔽,因为在我们正迫切需要一个对此场景解释的时候,入室者及时地给出了一个貌似合理的解释,情急之中我们是否就会因为时间的不允许而放弃自己的判断力,任由真相被假象遮盖,任由实情貌似浅浅地实则是深深地被掩埋?接下来,我将用我的语言之矛挨个儿刺向这些字词。我将采用从后往前的顺序,逆序,将其逐个穿在这支语言之矛上。第一是'读者',最后一个是'我'。最后,呈现在这把语言之矛上的字词,它们自下而上的顺序也将是读者、逗留、最后、你、我。不过开始之前,我还需要带你将这支语言之矛的'矛'细细打量一番。"

说到这儿,她提议再休息一下。这次休息时间长达三分钟。似乎表明接下来的内容更为重要,也意味着她需要的安静程度也将更高。我意识到休息结束后她将带我进入此次见面的核心部分,也即我将在这里获取并带走的信息中最有价值的部分,最能说明问题的部分。不过自从她宣布她的谈论不能被打断后,就一直有个小小魔鬼在我心头跳舞,每一个舞蹈动作都在怂恿我去打断她,去看看她被打断时的反应,她将做出什么样的举动。

她坐在椅子上,后脖子靠着木制的椅背,仰面朝天地闭着眼睛,像在休息又不像在休息,要么是在想着什么东西,而那个东西呢,只需两三分钟就能有个眉目;要么是清空了大脑,感受着自己呼吸的节奏，就像失眠的人常做的那样，同时数着不断往上叠加的数字。

于是我看到了她的鼻孔。两只精致的、黑洞洞的同时又是肉质的、内壁生有毛发的那样一组存在物。她毫不掩饰地将它们呈现出来，呈现给我。此刻她表情严肃，如果不是在想问题果真在休息的话，这样严肃地休息的女性我也是第一次见到。

和鼻孔一样没遮没拦地近乎失控地、野性地展现着自身的就是她面向我的这一面脖子。它像一根试图被强行拧弯但终究无效的白色管道，表面光洁流畅，没有男性通常会有的被称之为喉结的拙劣焊点，没有一颗痣，它就是一截白色的光洁的那么一根东西，从两肩正中的地方冒出来，伸出来，生长到一个高度后，从顶端的横截面涌出一个圆形的头颅部件，之后这一部件就一直高居这一躯体的最高处。与下方的其他部件相比，它永久地保持着与天空最近的距离，与大地最远的距离。

它仿佛总是在远离大地，并不时地回望大地。它要挣脱它由之而出的大地，进入天空的怀抱，像鸟一样，像山巅一样，像云和太阳一样，可又无时无刻不被大地之手牵系。她的身体就是那根风筝线，一米六几。她的脖颈，脖颈下来的脊椎，脊椎又分成两股的下肢，就这样被大地之手牵系、保护着。大地放出了一只渴望像太阳一样存在的风筝，却又审慎地将线放在一个合适的长度。这个长度，一米六几的这根风筝线的长度就是她的开端，她真正的生命就是从她得知这个长度之后从这里开始的。她要自己飞，却又受制于大地之手，她意识到她挣脱大地之手的过程就是那个她要的飞的过程。挣脱的过程就是真正的飞翔。她不时回望大地，估量着剩下的时间。时间一到，风将离开它，光也将离开它，它将不得不再次退回泥土中去，被泥土掩埋，就像演员退回后台，再次回到冗长、贫乏的日常世界。

至此，这只风筝才明白了真正的大地之手。这只手将它放出，也要将它收回。这只手先是令它无忧无虑在低处浮游，接着，在它生命的中途，它看见了身上的线，一根物理长度为一米六几的线却可以令它在数百米近千米的高空盘旋、冲击，令它浑身沾满太阳之光的金粉，它能想象出的完整的肺都被高空之气充满并淌溢着，所有的鸟对它都只能仰视，所有的云遇到它都只能埋头溜走。那些光辉四溢的时刻，那段真正属于它的日子，她几乎已经被气化的生命几乎就要把大地之手忘了，有些时候它都以为自己已经彻底挣脱了大地之手，它将永远地翱翔于山巅之间云层之上，并一直向着太阳的方向进发，直到最终燃烧、消熔在太阳之中。

在那些伟大的时刻以及那段伟大的生命进程中，它成了它自己，不仅如此，它还将成为太阳，成为太阳下的一切。

4

我低头看了看自己的手、膝盖，还有脚，脚上的鞋。我感觉离开了自己身体的某些东西，仿佛是一些尘埃，既落在山葱身上，也落在我身上那样，仿佛是天花板上下来的灯光，我和山葱都在同一盏灯的灯光之中。就是说，我几乎是不可能地察觉到了我和她的一些相同之处。这样说还不够确切，应该是我和她之间有着某种联系，某种关涉，她关涉于我，我同时也关涉于她。有点像两个通过肚脐处生出的脐带相连的身体。我们在同一个母体之中，我们摄取同样的身体营养，不，更实际地表述应当是，同一个母体供给我们同样的营养，被我们的不同身体摄取的营养自始至终就不曾区分。甚至，在我和山葱之间也不曾区分，我以为她就是我，她以为我就是她。我们互相认为对方就是自己，如果一定要有分别的话，那也是我和我自己之间的分别。

我意识到的那种关联，和山葱之间的那种我事先未意识到的关联，还可以这样表述，那就是：我身上保有"她的一部分自己"，同时我也看到她身上保有的、对我来说既熟悉又陌生的那一部分自己。似乎是"未来的我才会具备的那一部分",此刻我只是提前看到了它们,并认了出来。

就是说,我在山葱的身上看到了"将来的自己"的一部分,看到了"一部分的"将来的自己。

我在山葱的身上,在一面名为山葱的魔镜里看到了将来。

现在这面魔镜倾斜着,被搁在我对面的木椅上,它硕大的镜面以一个女人头颅的图像靠在椅背上,它通常被我们看作手柄的那一部分部件,正以(不知何时已冒出四肢的)躯干的形式自我遮蔽了起来,躲藏在上下四肢的环绕、保护之中。它是搁在木椅上的一面魔镜,同时又是木椅承载着的一个女人。而我呢,我还是我,不,我不再是之前的我了,不再是之前只能看到木椅上的女人的我了,我已经成为一个新的、看到"以山葱的形式存在的一面魔镜"的我了。

我想整理整理思路。就像刚踏上一段新的征程的人必须先停顿一下,揉揉眼睛,紧一紧皮带,再抓抓头皮,整理整理自己,以便走得更远,更从容。

我是怎么出现在这儿的呢?我是怎么就坐在了这间阅读室的木椅上的呢?很早以前,我记忆所及的很早以前,我在另外一个世界上生活,存在,直到一张招工启事让我认识了一位女作家,我在她未经装修的书房待了一个晚上,两人枯坐了一宿,她告诉了我,我在她那儿需要从事的工作,接下去要做的事,她谈得郑重谈得优雅。她要我进到她的一部小说中对小说展开勘查,她说那个小说出现了一些问题,要我务必留意小说各处,尤其是女主人公山葱。她要我找到一位名叫山葱的小说女主人公,要我落实一下她在小说中的具体情况,她的行踪和所思所想有没有背离小说的情节安排,是不是完全服从小说家的写作计划。我清楚地记得她最后对我说的话:"她是个幻影。你不可以爱上她,不可以动心于她。任何情况下你都不可以接触她。"

幻影是什么？不真实的图像？一个不存在的人？一个虚构的女主人公？除此之外，幻影这个词在她的提醒中还包括什么？危险？被欺骗？陷入困境？我对自身的怀疑？找不到依据？成为存在深渊的浮游物？再者，这个词对于我意味着什么？一道咒符？一道律令？因为这道律令我才是我山葱才是山葱世界才是世界？

"一支语言之矛。一支矛。矛。矛是什么。什么是矛？我们见过矛吗？一杆真实的、立在眼前的矛。没见过的话，我们是怎么知道矛的？我们第一次知道这样东西时的情形是怎样一幅情形？我们如何想象它？面对着图片或图画。再不就是那个汉字。舒展得像是一只将左腿抬起正要起舞的昆虫。"说到这儿她停下来。

过一会儿，她又继续下去："矛，兵器。一种兵器。武器。有尖端。尖端向外，可以刺出去刺向对方。问题又来了，什么叫刺呢？刺是一种动作，这个动作要迫使对方倒下，躺在地上，不再直立。仿佛睡着一样。刺和戳不一样，刺用的是一个尖端，这个尖端是戳没有的。刺还省力，这也是那个尖端带来的。刺的反动作是拔，拔说的是费力、花力气，不是件轻易的事。戳的反动作只能是收回，而不是拔，因为它能达到的深度和面对的坚硬度，远不及刺。矛就是用来刺的，用它的尖端去刺。尖端，什么又是尖端呢？对于矛来说，它的尖端就是它躯干上最细最高的部位，一个细到消失于无的部位。若要在这件兵器的各部位中选出一个部位来代表矛的话，非它莫属。它是矛的灵魂，它言说矛的精髓，证明矛的存在。其他部位都作为它的附属，它的幕后团队，唯一的职责就是为它供给力量。与其说它需要那些力量，它比任何一个部位都需要力这种看不见摸不着的东西，还不如说是力需要它，力需要它远远超出了需要其他部位。只有通过它力才能化身为鲜血、疼痛、倒下、胜利、荣耀、历史，力需要进入历史远远超出其他事物。或者说，力的使命就是把自己送进历史，力的意志就是将自己凝固为历史。只有通过历史力才能完成它自己。所以，当力遇见矛的时候，它只能选择矛的尖端驻足，它只能让自己驻扎在矛的尖端，它只允许自己在矛的尖端栖息、停留。正如某一类只在树的最高处筑巢的鸟，这类鸟是那样地饥渴于第一道阳光、第一场的暴雨、第一阵狂风，它需要它们犹如需要被父母生出来，对于它，这些都意味着健康的身体和无畏的灵魂，意味着阴影之手无法触及的生命区域。力要借助矛的尖端将自己释放出去、刺出去。这就是说，在矛的尖端刺出去的时候，实则刺出去的是力。力要摧毁另一具身体。矛就是靠它的尖端存在的，其他部位都是为了给这个尖端输送力量而存在的。更接近真实的表述：不应该是其他部位为尖端输送力量，而是尖端一刻不停地从其他部位汲取力量、汇聚力量，尖端要灰飞烟灭整支矛的力量的焦点，它要发光，要让自己从平凡无奇的矛的各部位中突显出来。它要自己照耀自己。它是自己，又是这一个自己的太阳。"

　　胖子在打瞌睡。身子一会儿往前，一会儿往后。他强行保持着坐姿，鞋子牢牢地趴着地板，似乎鞋子没有移动就足以证明他没有在打瞌睡。他一会儿把头仰到椅子背后面，一会儿又把它垂在胸前。一颗满载睡意的沉重头颅，他不知道将它如何安放，尽管它就在自己身上，脖子上面，肩膀上面。他无处安放它，只能任由它自己一会儿跑到身后一会儿又挂在胸前。

　　这使得他的头看上去像个空罐子，里面的水或牛奶被倒尽后，主人本该随手放在地板上的，可实际情形是主人一时找不到合适的地方，于是只好一直捧在手里，一会儿左手使力，一会儿右手使力，支撑点在两手之间来回倒腾。主人不知该拿那只罐子怎么办，也不知该拿处于当下处境的自己怎么办。能做的只是就这么着尴尬地、不情愿地持续着。

　　另一边的助手呢，一副面无表情的样子。这就对了，这样的地方，山葱这样的话题，无须任何表情来配合，表情在这儿派不上用场，它被主人扣留了。面无表情的助手看上去多了一份肃穆，那份肃穆被她的体温缓缓蒸腾。

　　胖子昨晚没睡好，要不就是对山葱的谈话内容提不起兴趣。他知道她在说什么吗？助手看上去像个半人半马的那么一种存在物，仿佛从她身上几乎都看不到任何生命迹象了，她却又令人难以置信地眨了眨眼睛。这让人不由地想到一种经过特殊制作、仅是眼皮会眨动以期做到以假乱真的人物照片。

5

　　"读者，逗留，最后，我，"坐在中间的山葱说，"说明白矛的尖端后，接下来，我将手持这个尖端、这个尖端所在的矛，在马背上对这五个词语和它们所命名的东西展开对峙、厮杀，我将打掉这五位游牧民族战士的面具，让面具后面的真面目显露出来；我将用这个尖端涌现出的火炮轰击对面那五个词语构筑的堡垒，将它们夷为平地，直至它们的地基不情愿地裸露在太阳下；我将用这支矛的尖端挑破一位被称之为'世界'的美人身上的五处脓包，让包裹已久的脓水沿着她光洁的皮肤哗哗流淌，直至她又再次恢复昔日的美好。"

　　她的语速不快，甚至可以说有些慢，但意思却一直在行进，缓缓地行进着。不排除有些时刻会停下来的可能，但那也只是因为她需要积蓄更多的力量，理清更纷乱的思路。就是说，是为了更好地行进。

　　山葱把两手平摊在桌面上，闭着眼睛，一边思一边说，她的嘴巴变成了一架纯粹的语言装置，嘴唇、舌头、牙齿、口腔，以及口腔中不断流通的气流，这一切都完好地配合着，运转着，将语言源源不断地生产出来，并经由声波进入我们的耳膜。

　　我不无荒谬地意识到，似乎她一出生就带着嘴巴这架语言机器，她就是携带着嘴巴这架精密的语言机器出生的，并且这架机器已服役多年，运转良好。它阅人无数，现在终于轮到我们了，我、胖子和助手,我们三个,静默地围着它,任由它不夹杂一点噪音地工作着。

"读者,"她说,"读者走上的、在走的,都是条信徒之路。我曾在这条路上行走多年,浸淫多年,直到一个微不足道的时刻到来。任何不凡的、卓越的、伟大的事物一开始都是悄无声息地出场的,并且,还混迹于那些普通的事物当中,使你难以辨认出来。那个时刻就是这样,它到来的时候貌似可以等同于它之前和之后的每一时刻,貌似它和它们没有分别,它蹑手蹑脚地以一个罩子似的东西将我罩住,将我和我手里的书与外界分隔开来。我只沉浸在书的内容里,丝毫没有看到承载那些内容的文字。"她停顿了一下,又接着说,"我想我就要快说明白了,我尽量用最短的时间把它说明白。就是说,我之前看过的那么多书,我看到的始终都是它们的内容,我总是直接越过书页上的文字、直接进入一个内容的世界,一次也没有看到过使内容得以呈现的文字。这说的是什么呢?我这么说说的是什么呢?我在说书页上的文字的重要性,对一位读者来说'看到它'实质上要比看到'它呈现出来的内容'要重要得多,重大得多。这是因为,你一旦看到书页上的文字你才算真正看到了那些文字呈现出的内容,也即小说中的山脉河流都市乡村,男人女人地狱天堂。你开始确信你看到的不再是自己的想象,那些头脑中无中生有的幻想,而是相信它们是由一个一个的文字、一个一个的语句、一块块夹杂着标点的段落呈现出来的。你看到了内容的载体,那些内容是从哪儿来的,它们不是凭空从你脑子里冒出来的,而是:它们来自文字。哦,我这么说再浅显不过,"她显露出一点无奈、一点沮丧,但很快她又不把它们当回事,显然,它们就像两只蚊虫那般令她讨厌。她接着往下说,"我这么说再浅显不过,甚至像是有点在说废话。但请你记住,这才是重点,如果这都不是重点的话,我们连它是重点都认不出来的话,我们之前的一切都将化为乌有。我们必须在这儿停留,尽可能地停留。相对于文字呈现出的内容来说,文字本身才是重点。"她不说了,沉默了。

她知道她要说的是什么,她想把一个什么东西说清楚,于是她就说了,但说得慎重,说得小心,生怕触到不必要的暗礁。她为这次言说特意规划了最简单明了的航线,以便不迷失方向,以便能以最快的速度、最有效的行进抵达目的地。作为这艘船上不明就里的乘客,我们能做的、同时也是她要求我们做到的,仅仅是沉默,冷静的沉默。

与书籍的文字呈现出的内容相比,书页上的文字在她这儿怎么就一下子成了重点?并且重要性要远远超出内容?

"读者只能看到书的内容,看不到文字。"她接着说,"他们下意识认为这是理所当然的。正因为这样的下意识,不论他们读多少本书读多少年书也等于一本也没读。我要说的是,他们都被书的内容带走了,带到那些故事、知识、逻辑中去了,他们忘了他们的所在,忘了他们阅读时所处的环境、时间和地点,借助诱人的书籍的时光隧道,他们把自己交给了时光隧道那头的世界,遗忘了自己身处的世界。看不见书页上的文字,就等于看不见语言。看不见语言,就是只能在语言之内,而无法在它之外。我们只有在语言之外才能看到我们自己。因为,只有看到了我们自己,我们才能看到世界。"

我明白山葱说的不是生理的眼睛。生理的眼睛不需要经过学习就会看,这样一双眼睛同其他器官没什么分别。山葱说的是另外一种眼睛,另外一双眼睛——内心的眼睛,以及内心的眼睛的看。

一双有别于仅会向外看的生理眼睛的眼睛,一双神奇的、可以向内看的眼睛。可以看见记忆、看见将来的眼睛。记忆和将来只对其敞开的眼睛。这样的向内看来得迟来得晚,它才是真正的看,真正的看见。

"真正地'看见'的读者,才是真正的读者。"山葱说,"这样的读者才是理想的读者。这样的读者懂得逗留。他们知道什么是逗留,知道阅读中的逗留意味着什么。领会了自己在天空和大地之间逗留的读者,才会懂得阅读中的逗留。这是阅读这件事情的精髓,它的无以言传的秘法。这样的逗留，无论是这位读者在天地间的逗留、还是它在书本中的逗留，都来自于'最后'。这类读者最后的不再存在，书本最后一页呈报出的完结。读者的死，书本最后一页最后一行的句号，指向的都是同一个东西：最后——读者的最后，书本的最后。书本的最后一页沉默地提醒着读者尚未走入的死，读者于同样的沉默中接收到了这种提醒，这种提醒让他所在的现实世界瞬间坍塌，世界变得不再真实。他立于虚无之中，没有依据，没有凭借，无亲无故，无友无朋，刹那间繁华喧嚷的人世只剩下了他。他惊骇，他畏惧。他畏惧人生竟然还可以这样存在，畏惧在有生之年竟还会遭遇这样一种生命体验。他不允许自己有丝毫的松懈，他清醒地察觉到自己此刻正立于深渊之中，他要做的，就是尝试如何在深渊中行走。在深渊中行走，独自地，试探地。就这样，另一个他出现了，一个全新的他，第二个他。在此之前，这第二个他都是隐没的，从未出现的，虽然就一直潜伏在同一具身体里，和第一个他同吃同住，一起醒来又一起入睡。第二个他一直处于被孕育之中，他缓慢地生长着，不声不响地，一旦时机成熟，刹那间就将第一个他取而代之。所以我们都不是一个人，我们至少是两个人。我们都不是只有一条命，我们至少都有两条命。活一次，再活一次。"

"这就是最后一个语词，"山葱停顿一下，说，"我。"

然后闭上眼睛，让身体进入静默。

第八章　告别

在药铺门口，助手在车里向我们扬起她的左手。她最长的中指在空气中指针一样的摇摆，恰好指向一点钟的方向。她把脸从我们的方向转回车内，准备发动车子。车顶上方的路灯正以一间浴室花洒的方式将橙色的光喷洒出来，使得车子远远看上去像是置身一片洗车间的雨雾之中。接连几辆车过去后，助手和她的车子就不见了。似乎是被那几辆车伪装成的橡皮擦迅速地来回几下，擦掉了。

胖子坐在他之前的椅子上——面向东坐着。仿古样式的椅子，半圆弧的靠背，靠着却不舒服。只有坐得笔直靠起来背才觉得妥帖。他似乎从来都是仰躺着，两腿伸得笔直，只是把脖子搁在它的靠背，两手防范地搭着扶手。他坐这把椅子通常的最佳姿势。

现在却不是这样的，因为有山葱在，有我在。他现在，正撅着屁股，身体前倾，将两肘的力施加在大腿靠近膝盖的位置，等于是自己架着自己。两腿架着两肘，两肘又担负着整个上身的重量，并不时地换着左肘或右肘。

他不看我们，闭着眼睛面对着面前的小圆几，似乎是在练习如何透过眼皮细细端详眼皮外的物体。

山葱坐在我的北边。胖子是在西边。我坐在他对面的西边，一条光秃秃的长凳上，和他面对面坐着。我在山葱的南边。她在我的北边。其实距离很近，几乎近得不能再近了。我一伸手就能碰到她。我们几乎是紧挨着坐的。她坐的是一把稍稍一动就会作响的旧木椅子，油漆已经完全剥落，经过风化的木料本色，布满裂纹。不过山葱坐上去后它就老实了，忽然被修好了似的变得没声没响。

她说起接下来她要去的一个地方。

"一会儿就去，就今天晚上，一点半左右。"她说，"这也是我最后一次去那儿了。"

"不会也是最后一次坐在这里吧。"不知为什么，我严肃地说。

"最后一次。"她的口吻平静、悠长。

胖子抬起头，看着她。她的目光仍越过我的头顶留在对面的墙上。

最后一夜。

"是的，最后一夜。"她的声音像是从她的衣服里发出的，像是经过她身体的风发出的，"最后之夜。"

我不准备再说什么了。我决定把剩下的半小时留给他们。我在长凳上坐直身子，闭上眼睛，开始留意自己的呼吸。我用呼吸将他们与我隔开，却仍和他们在一起。

胖子问起那是一个什么地方。

她说他们管它叫林中空地，或"洞穴外"。

"我已经准备很长时间了。我们认识也说不定是在为它做准备呢。"山葱平稳的声音。

胖子没再问。他忽然想到还没沏茶，起身端起高桌上的茶盘，在紧邻的小圆几上摆好，又从高桌上取了茶叶，并烧上开水。热水壶的声音很大，像是缓缓动起来的蒸汽机的核心部件，向一百度的沸水行进着。如果这是她最后一次坐在这里的话，这也将是最后的一壶茶。

她问:"是什么茶?"胖子说:"前两天新买的一种绿茶。"接着他又说:"稍等一下,现在水太烫了,温度降一下再沏。"就在等沸水温度降下来的时候,山葱突然说:"你知道一直困扰我的是什么吗?是虚无,是无意义。好在现在已经不是问题了。现在,我们置身其中的不是分别,是另外一样东西,这样东西对于我毋宁说是一个开端,一个出发点。我现在坐在这把椅子上就是坐在一个出发点上。一把椅子就是一个始发站。"

"不是分别,是送别。对于我们来说是送别,对于你则是一次陌生旅行的开始。"胖子说,"我们面对的不一样。送别之后我们还将继续原先的生活,而你将面对此刻我们都未涉及的未知天地。对于我们,你是先行者。你先行于我们。你提前行动了,出发了。先行是为了更早地到达目的地,或者说是为了无法忍受准时或推迟到达目的地。'他提前走了,没等我。'或者,'我准时到的时候他已经走了,提前了'之类的,电视剧里不经常看到这样的细节嘛。"

"行动,必须行动。"她说,"我都不知道这是不是我的意志,甚至,有时都觉得有点儿身不由己。你知道吗,我们生活在一个扁平的世界里,一个单层的,一维或两维的世界里,这是最让我无法忍受的。"

"得知这一世界秘密的人屈指可数,在这很少的一部分人里,绝大多数都投身艺术了,他们试图借助艺术继续对其意义展开追问。再就是你这一类,你们直接采取行动以便出离这个世界,寻找这个世界之外的世界。"胖子说,"所以我说你是一位航海者,出海去寻找未知的大陆。表面上是去寻找大陆,实则是将自己投身于未知。未知才是重点,相对新大陆这个目标而言。投身未知需要勇气,将自己的生命交给、或者说是托付给未知的勇气。"

"可是,您是怎么发现我们所在的这个世界有问题的?一维的、单层的、扁平的?你是怎么知道的?"我终于问了出来。我关心的是这个。

他俩同时面向我，看着我。就像看着一个本以为已经坐着睡着的人那样，却不像是被偷听已久终于发现了偷听者。他们甚至都有些庆幸，庆幸我一直在听。这不由地让我想到我的真实身份。一个坐在小说主人公旁边的来自另一个世界的人。

"你决定一会儿跟我去的话，我就告诉你。"她看着我。我从未见过那么明亮的眼睛。在阅读室，在回来的路上，在我们的目光多次对视时，我都没看到过这种明亮，一种称得上是骄傲的明亮了。仅仅是因为它的明亮本身，它就可以骄傲。可是，是什么让这双眼睛变得如此骄傲呢？以至于我也不由地觉得自己通体明亮了起来，并为能被这样一双眼睛注视而隐隐地感到荣幸。

胖子忽然想到一个梦，立刻讲了出来。没有开场白，直愣愣地，说梦话似的，他就开始了，以至于他讲了好半天我都不知道他在干什么。山葱则自第一句话开始就一直细细地听着，像一位技艺高超的电报编码破译人员。

胖子说他打着把伞，几乎是横着在暴雨里往前走。迎面而来的雨太强劲了，伞的骨架都已经严重变形。终于，他在某个大门口的目的地停住了。原先记忆中平坦的大门口的路面不知何时已变成一条陡坡，陡得完全不可思议。他再次确认门牌号后走了下去。

陡坡刚好容一辆汽车通过的样子，他越往下走越担心后面有辆车奔下来，可偏偏就刚好有辆车咆哮着出现在他身后的高处。他大喊一声不好，并且判断出那辆车已经来不及刹车，他向前急奔几步，就在那辆已然是在急流中向下飞驰的汽车险些将他挤成肉酱时，他及时右拐了。沿着黑暗的过道走了不知多久，穿过一道光亮窄门，忽然进入一个平坦的天地。他心想：这里竟然没在下雨。

前方有个小商店，店主在店门口的一棵树下坐着，树上繁花盛开，蜂鸟成群，异香阵阵。"我走过去问那店主，"胖子说，"我问他这大门何时改的，店主说早了，有一段时间了。我说我看到报上的报道，说这样改后的大门极不安全，不论是对于车辆还是行人隐患都极大。他满不在乎地说报纸上的报道都不能信的，写报道的人哪里知道这其中的妙处。说着，我们脚下的地面开始断裂，先是裂成大块，再由大块裂成更小的小块。我急忙提醒他说'危险危险'他却充耳不闻，不知何时我们已经开始连带那棵树一道往下坠了，可那人仍我行我素地批评着报纸，唠唠叨叨地，浑然不知我们置身的险境。后来我脚下的地面与树下的整块地面分离后，就再没见到过那棵坠落中的树和那位店主。"

胖子讲得过于投入，以至于出现了手脚无处安放的情形。他脸涨得通红，语言急于要从他身体里出来，他却只有一张嘴巴。我忽然察觉到一个不可思议的事实：他的手和脚竟然都不会说话。

"在黑暗中不知坠落了多久，最后我出现在一处漆黑的山洞一样的地方，我看见面前有两扇门。不知进哪一扇时，右边那扇出来一个女学生模样的人，面目清秀，很安静的样子。她出来后没有顺手把门拉上，于是我就走了进去。如果说在门外时还有不知何处透进来的微弱的光的话，一进去顿时整个儿都黑了，像是被人突然蒙了眼睛，却又感觉不到眼睛上有异物。稍后，缓缓地，眼睛适应突如其来的黑暗后又能看到点儿什么了。前面似乎是一座桥，说是一座桥，其实是根连接这边与对面的木头，一根两三米长的木头。桥的下面，约莫是无尽深渊。"胖子说到这儿，在我看来是不无夸张地加重语气强调了"深渊"，似乎那深渊此刻就在他面前，位于我们中间小圆几正下方的位置，而稳稳当当立在我们中间的小圆几呢，它的几条腿实则不着一物地悬浮着，努力保持着一个立于地板之上的假象。

山葱一声不吭，我也不知说什么，于是他又接着讲，"你们不知道我当时的情况，当时我再看了下左右两边，发现自己身在一个仅容一人通过的类似狭窄巷道的地方，胳膊不时碰到两边墙上黏糊糊的东西。不过很快我就发现那并不是真正的墙壁，它并不硬，而且还有温度。我正准备快走几步从前面那根独木桥过去时，不想之前的狭窄巷道动了起来，似乎是某只巨型动物的咽喉。这只咽喉原来一直处于静止状态，现在它一旦察觉到有猎物进入就立即启动了捕猎机制，很快我浑身上下就被绿绿的黏液包裹了，并不断被一种吞咽力往肚腹吞咽。我当时能做出的只有一个动作：用脚蹬，拼命地一脚一脚地蹬着反作用力，直至最终将自己的整个身体像颗炮弹那样从怪物咽喉发射了出来。"我和山葱都笑了。显然，我们都觉得这有点儿不靠谱，有点拙劣。胖子见我们这样反应都有点气恼了，脸涨得通红。他解释说他讲的只是个大概，当时的情形很难还原。山葱要他继续讲下去，于是我们来到了他这个梦的最后一部分，也是最短最抽象的部分。

他发现自己置身一片大荒原之上，举目四望，无边无际，没有任何遮挡物，除了天空就是大地。忽然不远处有两头类似恐龙那样的巨型动物在搏斗，互相要将对方置于死地。伴随着此起彼伏的阵阵低吼，他吓坏了，想要逃走却又怕被发现，想要躲起来四周却空空如也。当时的情形：身处险境，了无藏身之处，时间一分一秒地过去，也预示着他愈发接近自己的死期。突然一头类似小恐龙那样的动物向他冲过来，显然它是它们其中之一的幼崽，且一直就在不远处和它一道观望着那场搏斗，它发现了他，随即向他冲过来。即便是只幼崽，对他来说体型也有犀牛般大，他对那个物种是如此陌生，唯一的直觉就是它无比凶残。它的獠牙和犀牛般厚重的外皮迫使他不得不做好一命呜呼的准备，他甚至从容地闭上眼睛张开双臂，做出仿佛是要拥抱死神的动作。最后一只巨足在他面前踏下后，奇妙的事情发生了，他既没有感觉到身体被剧烈撞击刺穿，本该迈出的另一只巨足也没有着落，他不敢睁开眼睛，一旦睁开他将面对类似影片中的主人公睁开眼睛后要面对的景象：一张巨大的、不完整的怪兽的血盆大口。奇怪的是他没听到任何声音，比如怪兽粗重的鼻息。他试着一点点往外看，不但没看到预料中的凶残怪兽，两手之间还多了一个接近透明的、轻盈至极的怪兽玩偶。他大喜过望，之前所有的压力瞬间消失，浑身只觉轻快无比，一下子就解脱了。

类似氢气球的怪兽玩偶浮力刚好，一放手它就浮在眼前，伸手就能抓住，既不落下也不浮上去，外形卡通，鼓囊囊的，一副讨人喜欢的样子。无论他如何将它踩在脚下或踢到高处，不一会儿它又无声地回到他眼前。它还挺黏人。跃过它悬浮在空中的晃动的背脊，他再看不远处仍在搏斗的两只巨兽，已经感受不到任何威胁了，"不过是两只大型的玩偶罢了，"他想。他再次抓起眼前的怪兽玩偶，将它往长的扯，发现它可以扯到无限长，再将它往小里挤，竟能缩到芝麻大小，只是一旦脱离了小怪兽的外形，就再也回不去了，成为一团类似硅胶却比硅胶轻很多倍的材料。

正待他就快要想到走过去抓不远处的两只大型怪兽时，他看到刚才进来的入口进来一位女子。她满脸狐疑，边走边向四周观望，一时还没发现他。"我那时心跳突然加快，不知接下来会发生什么。"胖子说，"要知道，这种处境太奇特了，我会被她拿在手里把玩，成为她的人形玩偶。我得抢先一步把她抓住。她是我意识中的理想女性。"他又补充说，"完美女性，让我在心的狂跳中醒了过来。"

我以为接下来山葱会谈一些她的看法，结果没有。胖子也没再给出一些讲述时漏掉的细节，他仍沉浸其中。

她看了下表，说时间差不多了，起身要走，我也站起来，随她一同走了出去。

胖子没有出来送我们，他一定仍坐在之前的座位上，闭着眼睛让自己立于那个只对我们说了个框架的梦中。他沉浸在那些未能说出的细节里。

我跟着她向南走，没走几步就是一个小十字路口。她开始向右也就是向西拐，拐进一条窄巷。巷子空无一人，很长，没有路灯但不算黑,隐隐的亮光在另一头闪烁。

"一些车灯,一些自由的火炬之光。"她说。

我不明白她说的意思。是把汽车的灯光比喻成自由的火炬之光呢,还是有两种光,汽车的灯光和火炬之光。

"胖子为什么要和我们分享他那个梦?"我问她。

"因为我是他最后的朋友。"她说,"可能是永别的时刻吧。"

"永别?"

"我们再也不会见到他了,他也不会再见到我们。你和他几乎还不认识对方,我认识他已经有些年了。"

我们像是散步一样走在无人的窄巷,隐约能看到两边的建筑和一扇扇关闭的门。

"什么是永别?"我问了一个我不是很清楚的问题。

"就是永久地告别。与他所在的世界告别,与那个世界中的一切诀别,不再回来。而那一切的一切,你之前也置身其中,与你休戚相关。永别之后就撒手不管了,你不再掌握它们,熟识它们,直到最终你认不出它们,回忆不起它们。你成了另一个世界的人。"

"另一个世界?"

"你相信有另一个世界存在吗?一个更适合你的世界?我们现在就在去往那个世界的途中。"

过了一会儿,她又说:"我们去的地方就是那个世界的入口。"她倒没用什么神秘的口吻,仍像之前那样说,"也是这个世界的出口。"

我忽然想到了什么,意识到了什么,却还不清晰。她的话听起来轻描淡写,却又那样肯定,并且,她已经在行动了。我忽然觉得她距离我很远,眼前这个世界距离我很远,她和她身处的世界都成问题。

有一刻我突然想起了不久前还自称为我的助手的那个女人,她现在应该已经回去了,回到我们傍晚出发的地方。

"如果我告诉你一个秘密你会相信吗?"我问山葱。她一直在我前面走着。她似乎不介意有人在她后面,不介意背后看不到的、他人的目光。

"秘密?"

"一个秘密。"

"对我来说已经没什么秘密了,"她几乎是用一种享受的语气、一种略带欢愉的呻吟,说。仿佛听了一个笑话,可只是有一点点可笑,"在这个世界上。"

我不知道脚下不时地会踩到什么。我们似乎一直是在一层黑色薄雾那样的气体中行走,我能看清她的后背,却看不清她的膝盖和小腿。

"你最后一次看电影是什么时候?看的时候有没有什么习惯?"

我不知道她的意思。

"我习惯坐剧院靠右边的座位。从右边看左边的银幕。"她说,"我喜欢完全黑掉,完全漆黑的环境。我可以很快地进入剧情,把自己从剧院搬进电影。几乎是每一次,灯光完全熄灭的同时,我就只身飞进了银幕上的世界。"

她在路边的一棵树下停住,接着靠着树干闭上眼睛。没有月亮,只能勉强看清脚下的路。我像一个有求于她的人那样,无声地立在旁边,没有一个行人。

树上一直有什么在落,一些细细的、清香的、碎末一样的东西。看不清它们的颜色。可能是黄色,也可能是白色。我不知道她接下来要说什么,只是想着一家电影院的场景。灯光熄灭,一位女性观众"咻"地一下将自己从座位上发射出去,小型火箭似的把银幕穿出个大窟窿。遭到毁坏的银幕剧烈地晃动着,观众一哄而散。

"我总是频繁地离开座位,去洗手间或别的地方,总之是没有电影银幕的地方。"她说,"然后过一会儿再回去,回到座位上。"

"你是说，频繁地去洗手间吗？"我问。

"不是。有时真的是去洗手间，但那种情况很少。大多时候不是去洗手间。"

"那去哪儿？"

"过道，走廊，其他播放厅的门口，甚至过道尽头入口处工作人员待的地方，那儿通常只有一把椅子。"

我不知道她要说什么。

"我知道我要说什么。"她确定地说，"我要说的是一种出离。出去的'出'，离开的'离'。"

"出——离。"我脑子里浮现出这两个孤零零的字。缓缓地，它们靠近了，走在了一起，成为一个词语。

"出去，离开。"我好像并不急于说出这个新词，而是重复着它背后的意思，它所包含的意思，它命名的那个行为。

它是一种行为的名字。

"你能这么想真是太好了，它确实是一个名字。"她几乎是惊讶地看着我，久久的一眼。我看见她眼睛里有光，"一次命名。"

可它命名的是什么呢？一种行为，一个行动。当然是一种行为一个行动，可是那是一种什么样的行为什么样的行动呢？

"让我来慢慢告诉你。"她兴致好极了，甚至有一刻拉起了我的手，要我陪她坐下来。她本来是要走的，临时改变了主意。她本来只是打算靠一小会儿树干就继续走，突然又不走了，在一把破旧的椅子上坐下，并要我在椅子旁的石头上坐。

坐的时候她根本没有看那把椅子，她只是很随便地那么一坐就坐了上去，就好像一只化身为椅子的情人的手臂向她张开许久，期待许久，她只需稍稍侧身就能让它心满意足似的。她无须看它，只需由着内心的爱意。

其实那是把再破烂不过的椅子，之所以没被扔去垃圾堆仅是由于它坚固的金属骨架。坐垫的四个角都破了很大的口子，像是有白色泡沫在往外冒。到处都是铁锈，甚至有一刻我都误以为它昨天还是好好的，崭新的，具备家具店里家具的完美外表，它现在之所以沦落为这副境况，完全出于昨夜的一场瘟疫。它感染了一种霉菌，它迅速老去，时间对它不再有耐心。时间把原本要投放在它身上的更多的时间压缩到了数小时，以便快速离它而去，扔掉它这个包袱。

它现在还在这里，虽说已经不再被时间光顾，不再有人用时间打量它，不再有人看到它后，想"这是一把新椅子还是旧椅子，多新或多旧，还能用多久"这样的事，而是直接就被甩得远远的，毫不迟疑地认定它是一把报废的椅子。甚至，称它为"椅子"都让人勉为其难，称它为坐具又过于正式，于是就草草地、几乎是无视它的存在地称它为"坐的"。就这样，它连之前的称谓也被剥夺了。

可它还在这儿，并没有被扔进垃圾堆或被收废铜烂铁的小车拉走。它之所以还能在这儿，或是因为收废品的出价过低，或是出于主人的不忍，总之可算作上天的慈悲。自从被弃置在这儿后，让它始料未及的是，它生命中最美好的时期才刚刚开始。它不再与被售出前在家具店里的那些家具为伍（现在想来，那是它生命中最年轻的时候，也是它在别人眼中最好的时候，它被贴着标签，和家具店里的同伴们留意着来去不定的顾客的眼色，期待哪一位成为它们的新主人），不再与主人室内的一切为伍（主人兴冲冲把它搬回家后，把它安置在去家具店之前就想好的空处，"这就是你的地方，你以后就占有这个位置。"嗯，它当时听到的就是这样一个声音，"哪儿也不许去，你只能在你该待的地方待着，不许越界一步。"主人几乎是不无深情地抚摸着它，挑剔而满意地凝视着它，那样短暂的爱抚和凝视带给它的存在感无异于一次出嫁，一次平步青云的巅峰体验。它感到自己浑身都在发光，发着梦幻的光，那光能把主人连带室内的一切，不仅仅是其他家具，还包括了地板墙壁窗户灯的一切都笼罩在内，都瞬间融化。

"甜蜜",对,它听到的就是这个词,"甜蜜!"),不再与主人院子里的杂物和那一块荒草丛生的菜地为伍,不再被院墙围在里面,不再将那堵斑驳院墙作为世界的边界。

现在它稳妥地把自己安顿在这棵树下,看人来人往,四季流转。前不久春天的花瓣才落了一身,这会儿竟有只知了"啪"地掉下来,再不动弹,仰面朝天,它知道一眨眼又会有黄叶如约落下,随之是厚厚的冬雪,寂静的白色冰冷之物。四季越来越短,有时它感觉它们半年就转一遍,有时则更快。它知道它的时间越来越少,却不悲伤,反而每天都看到了令它惊奇的东西,每天都不雷同。它惊叹于自己竟然存在,时时心生欢喜。

"从漆黑的座位起身的那一刻,我知道我已经战胜了一个世界。"她说,"那一刻,我的目光刚刚从银幕上移开,我的两只胳膊再次紧贴身体两侧(不再像之前那样散乱地叉开在座位的扶手上),我的双脚开始向地面施力,而就在前一秒它们还无所事事地轻踏着地面或在地面摩挲。我深吸一口气,用这口气将自己充满,像即将潜向深海的人那样,一下子站了起来,毫不犹豫地穿过其他观众,走了出去。"

接着,她向我讲述的是她在从座位到剧院出口这段路程中,她获得的无法言说的喜悦、轻盈,以及满足。"我离开了一个世界!"她几乎是在用浑身的细胞在赞叹,"离开了整整一个世界!一个电影里的、同样有日月星辰山川河流生老病死的世界,你能体会吗?"

"我竟然可以瞬间离开一个世界!"甚至,我都感觉她是在两手抓住我的肩膀摇着我,试图把我摇醒那样地说。

"那又怎样!"我低声说,怕她听出我语气中的不以为然,"那又能怎样!不过是中途离开一个放映厅而已。"

她瞳孔上燃烧着的两团火立即熄灭了。

短暂的寂静。

寂静不是什么声音也没有。寂静里有无数细微的声音。我闭上眼睛听着它们。一会儿，它们像是在我皮肤上汗毛的丛林里穿行，一会儿又感觉它们像不断浮游于空中的迟迟不肯落下的雨水。

寂静里还有的，就是这个叫山葱的女人的心跳声。我仿佛听到她的心跳由刚才的剧烈、强劲慢慢回落下来，此刻显得平静，淡然。

"显然，"她冷漠地说，"我和你说的不是一件事。我们说的是两件事，毫不相干。不过即便这样，我还是想说完，把它说完。我会用最简短的几句话结束这件事。"

她起身凑到我耳边，像是要吻我那样对着我的耳朵说，"刚才说的剧院只是练习，如果你能明白的话，你就知道它有多重大了。练习的目的是为了实战，再过不到一小时，如果不出差错的话我就已经进入实战了。到时我希望不论你看到什么、发生任何事，你都不要出声，保持沉默就好。"

她说的实战，难道就是像走出一个放映厅那样大摇大摆地走出这个再真实不过的、浩瀚无边的世界？

我又一次感觉自己是在梦里。我这是在做梦。

小巷尽头是个有点错位的十字路口，这边和对面，左边和右边对得不是很齐，像是有只看不见的手无意扯了那么一下似的。左拐，路两边开始有整齐的行道树，粗壮，遮天蔽日。我忽然想到一个问题：她为什么要带我来这儿？

第九章　出口

1

她要我在外面等着——我们进了一座院子,我在后面关上院门,穿过不小的一片空地,她在北边的一所屋子门口停下,不回头地对我说:"你在外面等着,"开门走了进去。

屋子里很吵,很多人在里面,不过我提不起兴趣。我在门口的台阶上坐下,背对着屋子。坐下来之前我朝窗户看了一眼。

我记得窗玻璃有一块碎裂了,裂纹很大,其中最长的两条裂纹形成一把利刃的样子。要是有人换那块玻璃的话,他一定会先取下那把利刃,因为它最完整,占据着最大的面积。那样他手上的活儿就好干多了,不过也可能割到手。是的,很可能割到手。因为这把利刃没有手柄,它通体、浑身上下全是利刃,它是把真正的利刃,拒绝被手握持、被人使用。它巧妙地隐身在那块窗格内,跻身于其他边角料一样的碎玻璃之中,持有自身。它会割到任何一根手指,任何一只伸向它的手。它暴躁,凶残,骄傲,以至于会让对面院墙上的一朵小花在白天的某个时刻将它误认为太阳。它具备将阳光折断再抛回给太阳的能耐。是的，它是阳光的拦路虎，太阳的劲敌，阳光要想从它身上经过进到屋子里，需要获得它的许可。这就像一位冷血的守门人，没有高大威猛的身材，不曾配备先进武器，他甚至都不需要露面，只需往角落随意那么一坐，甚至都不需要睁开眼睛。因为在这儿再凶狠的眼神也派不上用场，他只需往这儿这么一坐，就不再敢有人无视他的存在了。看到他的人在看到他的同时，或者说在看到他之前，就已经看到了围绕在他身边不断升腾又缓缓散开的杀气。那我们暂时称之为"杀气"的物质像是从他半米开外的地面涌起来的，又像是先由他身体挥发出来，再任他推到半米开外去的。看得出，那物质和他是一体的，它起伏的节奏与他的呼吸频率惊人的一致，不仅如此，它们还相互往来，彼此补给。就是这种被命名为"杀气"的物质使得守门人成为真正的守门人。

现在，这位守门人化身为玻璃窗框里那把利刃，跻身于一堆碎玻璃之中，正不动声色地用意念之眼注视着门口的动静。山葱进去的时候没遭到任何阻拦，门既没有在里面反锁，也没有一个人从里面注意到她，甚至她拉上门的时候那一窗框碎玻璃也没有掉落下来。什么都没有发生。一切都按照既有的秩序向前行进着，平稳地、无须被引起注意地缓步向前。

屋子里声音很杂，嗡嗡的，人很多房间很大的样子。里面的人都像是在有意压低声音交谈，听起来琐碎而急迫，像是很久没见面要说的怎么也说不完，可又迫于某种实际情况的压力，声音不允许过大，只好克制着物理的分贝，却不削减任何一方面的谈话内容。

我起身在院子里走了走。

右边是一间露天厨房，后来不知什么原因不做饭了改为杂物间，黑压压地堆着一堆彼此混淆了边缘的物件，小的摞在大的上面，大的下面又塞满了小的，其他塞不下的就塞在中间层（也就是大的和小的接壤的区域）。这都使得整个小厨房的内部看上去像是一辆小货车封闭的后车厢——精明的小货车老板冒着超载的危险把需要跑两趟的路程对折了一下，缩短成了一趟，而这需要的仅是一个念头和一点对超载运输的投机。再就是，他已做好途中加倍小心驾驶的准备，转弯车速要放慢，要降到平时速度的一半，刹车不能太急，踩得越急惯性会越大。甚至他都想好了一旦被查出超载如何应对交警。没什么大不了，一切看上去都会很顺利，就像之前的无数次那样，用不了多久小货车就会到达目的地，他也会和他那唯一的员工把塞得满满的一车厢家当再次搬下来，就像这会儿把它们一件件搬上去一样。搬下来搬上去，搬上去再搬下来，所有的搬家公司干的都是这件事儿，一件稍加细想就会觉得奇怪的事——搬来搬去的总是那些东西，并不会有新的东西冒出来。也就是说，搬上去的是哪些搬下来的肯定还是那些，不会多也不会少，而恰恰就是这个"不会多也不会少"让人觉得太合理了，"哪怕是少出一件也算啊，"甚至有次他都这样想。

露天厨房的窗户朝向我所在的东边的方向，它像一只方正的大眼睛黑乎乎地盯着我，不带情感地，毫无寓意地，仅仅就是"盯着"本身那样盯着我。我有点发怵，把目光移向它探照灯一样，几乎是用微弱到接近黑暗的光线照射下的院子里不大的一块菜地。

伴随视线的转移，我几乎是一下子就闻到了一阵植物的清香，其中混杂着茎叶上昆虫活动后遗留的体液的味道，不久前雨水冲刷过的味道，风从左邻右舍甚至更远处带来的味道。它们就是一些物质的气味，并没有搅动我的记忆，更没使我想到过去的某个人或场景。

正如海浪不允许海边的人沉湎于生活中的不如意那样，那团浓郁的植物的清香让我忘掉了一切。不仅如此，植物似乎还用自身的锯齿飞快地将我浑身上下刷了一遍，这使得我感觉像是站立在一片满是细微锯齿的不存在的水中，那些锯齿时而柔软、时而又恰到好处地保持着某种适宜皮肤摩擦的硬度，使得每个毛孔都不由地打着颤，向外喷涌一直没有机会清理掉的灰色垃圾。

我有点轻微的眩晕,我想喝点水。大门仍关着,再没人进来。我回头看了一眼身后的窗户,嘈杂声又一次出现,涌了过来。我推门走进去。

2

后来过了很久我才相信,此刻我走进的竟是这个世界的出口。经由这个出口,我们可以抵达另一个世界,小说之外的世界,虚构之外的世界,小说家所在的世界,即我来的世界。

不知为什么,我一走进这间大厅,这间以一座小院为掩体的大厅,过往的记忆顿时变得清晰、完整,它们一下子全回来了。女小说家,那本封皮一角绘有边角花的笔记本,电线杆上的招工启事,高速公路旁的荒野,巨型马背上的神圣之人,以及我那辆失去控制的小汽车,一切的一切全都回来了。我内心感到充实,身体同时也感觉鼓胀。这奇妙的感觉让我看什么都清晰无比,清澈明亮,即便是在此刻昏暗的灯光下。

光线不是很亮,老旧的灯泡很多都没亮,空挂在头顶。即便如此,下面的人显然还是有意避开灯泡的灯光,三三两两地靠着墙根、或站在随便一块暗处的水泥地板上,围成一圈窃窃私语。他们在小声谈论着什么,秘密地探讨着什么。没人注意到我进来,如果说我真的已经进来的话。

我不知道我是真的进来了呢还是没进来。这并不是说我此刻没有走进这间大厅,仍在外面的院子里,不是这样的,我要说的是我的感觉,也就是,我对自己此刻置身一部小说之中的大厅有点恍惚,有点置疑,有点不相信。或者说,我有点怀疑自己是不是真的身在一部小说里,一个由小说作者虚构出来的世界里,一处院落的内部。

我感觉自己既像是在一部小说里又不像是在它里面。我感觉眼前的场景既是真的又是假的，那些我看不清面容的人既是我的视网膜成像又是和我一样有血有肉、能使用语言和我交流的人。我感觉自己既是真实的，又是一个幻影。

"她是一个幻影。"叫下树的女小说家的话音在我耳边响起。我不知道它来自何处，来自我的记忆，还是肉质的耳朵内部。她说山葱是个幻影，要我不要爱上她。她说过这样的话。

我怎么会爱上山葱呢？就算她不是幻影。

可是，她真的是一个幻影吗？

一个女人低着头走过来。我的意识有点卡顿，不过我还是认出了之前的女助手。

"你不能在这儿。"她小声说。仿佛手握一把匕首抵着我的腰似的。

"你不是已经回去了吗？"

她不回答我，像是要把我推出去，却又怕引起人注意。是的，门就在我身后，我把手背后，不是把门拉开而是"咔嗒"一声将门反锁了。

她狠狠地瞪着我。

"你不能在这儿！"她又一次重申。

"为什么？"

"不为什么！没有为什么！"

沉默。五秒钟。

"你会死的！"她说，"你会害了自己的！"

我说我们谈谈吧。她想了下，示意我跟着她，于是我们到了现在所在的大厅的一角。

"你怎么在这儿？你到底是谁？"我问。

"我认识你。"她说。

"什么意思？"

"我说'我认识你'，就是说，我知道你是谁，你从哪儿来。"

沉默。

我的心跳在加速，我克制着这种加速。我盯着她的眼睛。她的眼睛在自然地眨动，真实地眨动。我盯着那双真实的眼睛，点了支烟：说说看。

"你从外面来。"她说。

我好像没听见她的话。我的意思是，我确实听见了，可不愿相信自己听见的，于是就开始不信任耳朵，怀疑起耳朵到底听得对不对。可事实是，她是看着我的眼睛说的，我也是看着她的眼睛听的，并且还是一个短句。

我把目光从她脸上、刚说完那句话的嘴唇上移开，移向低声交谈的众人。还和之前一样，每个人都沉浸在自己谈论的内容之中，我甚至发现不少人是闭着眼睛在谈论，根本无须注视对面的人。

一个长方形的水泥盒子，一些身体和身体上的嘴巴，一些可供嘴巴摄取的瓶装液体，可供嘴巴吸入的卷成细纸筒的烟叶，还有什么？口腔气流引发的空气振动？语言？谈话内容？

眼前的众人像是隔着一层毛玻璃，看不真切，可却又恰恰因为这种不真切让我把注意力转向了他们所在的房屋。与偌大的室内面积极不匹配的，是南面墙上的一扇小窗，东西两面墙上相对的两扇紧闭的小门，这三者组成一个看不见的等腰三角形。三角形的底边，也就是北边的墙壁是一面真正的墙壁，它上面除了墙壁就不再有门窗之类的开凿处，它板着脸不透光不透气地挡在你面前，久久地、向每位留意到它的眼睛传递着一个词语：肃穆。

"我说'你从外面来'，说的不是你从外面的院子里走进来，我说的不是这个，你知道的。"她说，"自然也不是从大街上来，从我们不久前待过的中药铺来，不是从山葱的阅读室来。你知道我说的意思。"她平静下来，几乎在饶有兴致地盯着我看。

"你知道你打哪儿来，"她继续说，"你知道的。"

我不知道怎么回应她，用语言，或肢体动作什么的。我不知道怎么反应。

"你从另外一个世界来，"她几乎是带着一丝笑意说，"另外一个世界，一个我们此刻置身其中的世界之外的世界。你是一名调查员。

大厅里的人现在对你来说都是图像，你能接受这种说法吗？你认为他们都是和你一样有血有肉的人吗？对，你可以走过去握他们的手，但你怎么能知道它们不是在被握到之前就复制了你的手的握感？你可以拥抱他们，用最大的力气，他们的身体同样会给予你记忆中拥抱时的身体感受，他们无所不能，前提是你得具备。你必须有手才能去握他们的手，你必须拥抱过才能去拥抱他们。"

3

她说她是我的助手，当然，一开始是这样说的。她当然是我的助手。就在不久前，我在这个陌生的世界醒来她就是这样介绍自己的，她的身份，我的助手。她也始终以助手自居，一切都恰到好处，助手该有的闲谈，助手该有的视线扫射，助手该有的驾车技术，一切看上去都无可挑剔。但直觉告诉我，恰恰是这样的无可挑剔暴露了她的可疑。在我的视线范围之外，她有另外的身份。她有所隐瞒。

我说你不仅仅是我的助手吧。

"是的。"她说。在这里，她似乎变了，变得我不认识了。她说她当然不完全是我的助手，她还是别人。"别——的——人。"这是她的原话。

她压低声音，嘴巴凑近我的耳朵，往我干燥的耳朵吐了口雨雾似的，微笑着说："我是一位中间人。"

我注意到她没有用"个"，她说她是一"位"中间人。她用的是"位"。她一定细细揣摩过这两个量词的不同。

她说她是一位中间人。

她知道我打哪儿来。并且,她确定我能听懂"打"这个字的语法。

"这个世界没有这种用法。在此刻的这个世界上,人们从不说'打哪儿来',他们只说'从哪儿来'或'来自哪儿',甚至是'自哪儿来',却从不说'打哪儿来'。他们想不到把'打'和'哪儿来'联系在一起、放在一起用。在这儿没有这种用法,这种词语组合。"她说,"就凭这一点,你能听懂我那句话的意思,你就不是这个世界的人,你来自一个具备更丰富更庞大语法的世界。"

我问她是怎么知道这种语法的,"打哪儿来"的这种用法。

中间人就是活在两个世界中间的人,夹在两个世界中间的人。她失去了关于前世界的记忆,只拥有一堆前世界的破碎词语。面对眼前的世界,她必须重新审视那些词语,那些事物的名称、表示事物关系的系词、表示事物运动的动词等等,她要重新打量它们,把它们和眼前世界的实物一一对应起来,再把它们的运动关联组织起来。这是一个庞大的工程。一个人独自面对眼前世界的大工程,在用破碎语言把握眼前世界的过程中,她不时会忆起前世界的一两个语法,一两处词语搭配的用法。她欣喜若狂,仿佛缪斯降临。不过对于这种梦幻语法,她从不使用。

"我知道你来的那个世界。"她说。

她问我准备什么时候回去。

我问,她为什么不回去。

"我回不去了,永远地。我说的'永远'就是'永远'这个词最初要表达的那种意思。"她说。

我记得没过多久,她忽然拉起我的手,我看到她额头上的汗珠。这时我才发现在她另外一侧有只小火炉一直燃着,烤着她的另一半身体。她拉着我沿着墙根一路走,我们像是依靠自己的身体就会流动的流水一样,缓缓地向一个我不知道的出口流动……

第十章　真实

1

这次回来，我只想见两个女人。一个自称是我的助手的女人，一个被我的助手称之为山葱的女人。

今天，是我回来的第一天，我清楚地意识到，这是我第二次、同时也是我第一次真正来到这个世界的日子。

我像往常一样醒来，打开窗户，大口地呼吸着清冽的空气，想着昨晚的梦。

我梦到了山葱和女助手的合体。她们在对我说话，在向我告别，用她们在小说世界里的形象。

我希望出门在大街上看到她们。

出门前，我给我的雇主打了个电话。她在电话里说之前签的合同过几天到期，相关事宜她都安排好了，"对了，要是你觉得有必要的话，可以去医院做一次全面检查。"她说，"我给你个电话，你可以和这位医生联系。"挂断电话不一会儿，她发来短信：张医生，我大学同学，号码。

迷狂咖啡馆。张医生，四十多岁的男人，吸着烟，坐在我对面，注视着我，专注于某种研究的表情，随时都会伏案做记录的样子。我看了看他，把目光移向窗外。

我想和你谈谈。我说。他礼节性地做了一个"请"的手势。

"我想和你谈谈'广义'的'治疗'。"我说。我特意着重了那两个词。

"广义的，"我说，"超出身体的，或者说更偏重精神方面的。"

"认识你自己。'认识你自己'就是关心你自己。关心你自己就是治疗、疗愈你自己。古希腊哲人在这儿说的就是治疗。人对患病的自我、灵魂的医治。"他说，"自我好好的怎么就患病了呢，说'自我好好的'这个说法本身就已经是带有病症的说法了。一个健康的自我从来不会否认自己有病，反而坦然承认自己是需要治疗的，就是说，这个自我接受了它是患病的自我这一事实。恰恰是这一接受让它的病症退去，回到一个相对完善的自我。自我为什么要承认自己需要治疗？因为自我先天就是自欺的。专业的说法是，自我的本质就是一种自欺结构，自己欺骗自己。明明自己看不见却要当作能看见，明明看见的他者仅仅是自我意识构造出来的对象，却还要把他者与自己区分开来。"

我觉着他聊得有点儿过了，过于专业了。我问他大学学的是医学专业吗，"医学，不过我更喜欢哲学。下树不是后来也从事文学了嘛，不是学什么就和别的无缘了。"他说。

我问他怎么喜欢上哲学的，他说来自对现实世界的怀疑，怀疑它的真实性。"这个世界是真实存在的吗？如果真实存在，它依据什么真实存在？为什么这个世界存在而不是不存在？什么是存在，什么又是不存在？"

我觉得他又聊得有些过头。他显然已经把我当成无话不谈的朋友，我也就不好打断他。他呢，自然也察觉到了我的好意，尽量克制着体内的哲学冲动。

"最初我就是对这些问题感兴趣，想找到答案。听说你们在小说上有什么合作？合作完还要体检？"闲聊的语气。

我没否定，也没肯定。我只是静坐着，坐在眼前的这个座位上，听着咖啡馆里不时响起的细微声响。这个时间段没有其他顾客。

我此刻仿佛躺在海边的沙滩上，背下面的沙子很细，很软，暖暖的，听着海风，听着近处的浪花。是的，我就是这么说的。他没打断我，任由我沉醉在一种状态里。眼前的咖啡馆缩小为一个无足轻重的小木盒子，我的心带着我离开了这条街道，这座城市，这些忙忙碌碌的人，它带我拨动了无垠的海平线，带我弹奏着海浪的音符，哼唱海风的曲调，带我亲吻了恍若梦境的海面和在它上方深渊般的天空。

"我忘记了一切。"我说，"我渴望居住在这种感觉里，每分每秒。我什么都不愿想起，什么也不想考虑，我不想为任何事物停留。"

"你只愿是你自己。"他说。

他这话让我忽然想到一个人。我恍惚想起另外一个世界里的胖子也说过这话。在一个昏暗的夜里，在有淡淡的中药味弥漫的铺子里。

"我不需要体检。"我说，"我就是想知道一些她的情况。"

他感兴趣的却是我和下树的合作，是什么样的合作在结束后还需要考虑到体检。

外面下雨了。可能是刚开始下的缘故，没看到有人撑伞。没有风，雨丝直挺挺地下来，像是暗暗庆祝着这样不费周折就到达地面的下落方式，却又要谨慎地隐藏这种庆祝，以至几乎看不到下得过细的雨丝，看到的只是地面一片欢快的水花。

"我来说说我的看法，"听完我和下树的合作，他说，"我先说山葱。你没有爱上她对吗？或者说你还没来得及爱上她你就已经回来了对吗？你不一定必须得爱上她，你会爱上她仅仅是作者的一种担心。"

作者也不希望你爱上她，结果是你果然没爱上她，我觉得这样很好。假设事情是另一种样子，作者担心的事发生了，你不可救药地爱上了山葱，那会怎样？山葱会拒绝你，而你呢，你会不顾一切地帮她达到她的目标：来到我们这个世界。你则永远地留在了她所在的世界，独自开始从她之前的第一步做起，如果你也想靠一己之力像山葱那样来到现在这个世界的话。你必须从她的第一步开始走。你知道她是怎么走到这一步的吗？她用尽生命中所有的时间和精力，所有的智力、品格和耐性，才走到了最后这一步。这一步在我们这儿有个再普通不过的名字：智慧。在佛陀那里，它是觉悟；在禅宗那里，它是明心见性；在笛卡尔那里，它是我思；在黑格尔那里，它是绝对精神；在尼采那里，它是权利意志；在海德格尔那里，它是存在。只有走进它，山葱才可能走到这一步。否则，她根本就不可能相信那个'世界出口'，也不会和胖子成为朋友，她必须具备相信的能力。"他说。

"你知道胖子？"我震惊于他提到胖子。

"我就是胖子。"他说。他不回避地盯着我的眼睛。

我不能理解，几乎要从座位上站起来。

他微笑地观看着我。饶有兴致地，不带任何侵犯地，甚至是用某种略带母性的目光（面对一个被游戏规则困住的小孩那样）观看着我。

"那天晚上你和山葱走了之后，我听了会儿音乐就睡了。我睡得比平时都早。我知道山葱是带你去见证奇迹的。她将那个夜晚命名为'世界之夜'。那一夜，世界只属于她一个人。"他说，"那个夜晚，她冲破了她生存其中的物理世界，开始为她的世界重新划定边界。她不再是之前的她，她变成了另一个人，一个连她自己都不认识的人。她成了她自己的陌生人。"

"下树就是山葱。"柏拉图的声音。我内心的声音。

我把目光转向窗外。我发现对面的一块巨大的广告牌开始躲闪我,虽说那是它的覆盖范围,它的地盘。它羞于见到我,更不情愿让我看见它似的,把它自己搞的面红耳赤,以至于在我瞥到它时,它都下意识地向另外一边扭动了一下。

接着,我惊讶地发现它下面的每个人都无法看到自己的后背,他们的眼睛只能看到别人的后背。甚至,不仅是后背,就是他们自己的脸他们也是看不见的。

"那么助手呢?那个送我到这个世界入口的女人呢?"我问柏拉图。

它示意我看马路对面走过的一个身影,并对着那个身影说出一个女性名字:吴雨纶。

我感觉迷狂咖啡馆就是一个洞穴,寂静,冰凉,我和医生不是坐在带有软垫的座椅上而是一人坐着一块石头,摆在我们面前的不是铺有蕾丝桌布的原木茶桌而是一个石几。不断有水从头顶滴下来,叮叮咚咚的,就好像我的身体里真有一个小铃铛呼应着它的滴落。蓝色微光绕过不远处的岩石一阵一阵地照过来,在我们的脸上、手上缓慢地移动,就好像我们的身体不是肉的,而是某种我们不熟悉的材料,一种完全陌生的材质,却能带给我们感觉。它所传递的感觉和先前有很大不同,现在更细腻也更真实了。

"真实",这个词语命名的是什么呢?